KB059849

우리는 마이너스 2야

우리는 마이너스 20야

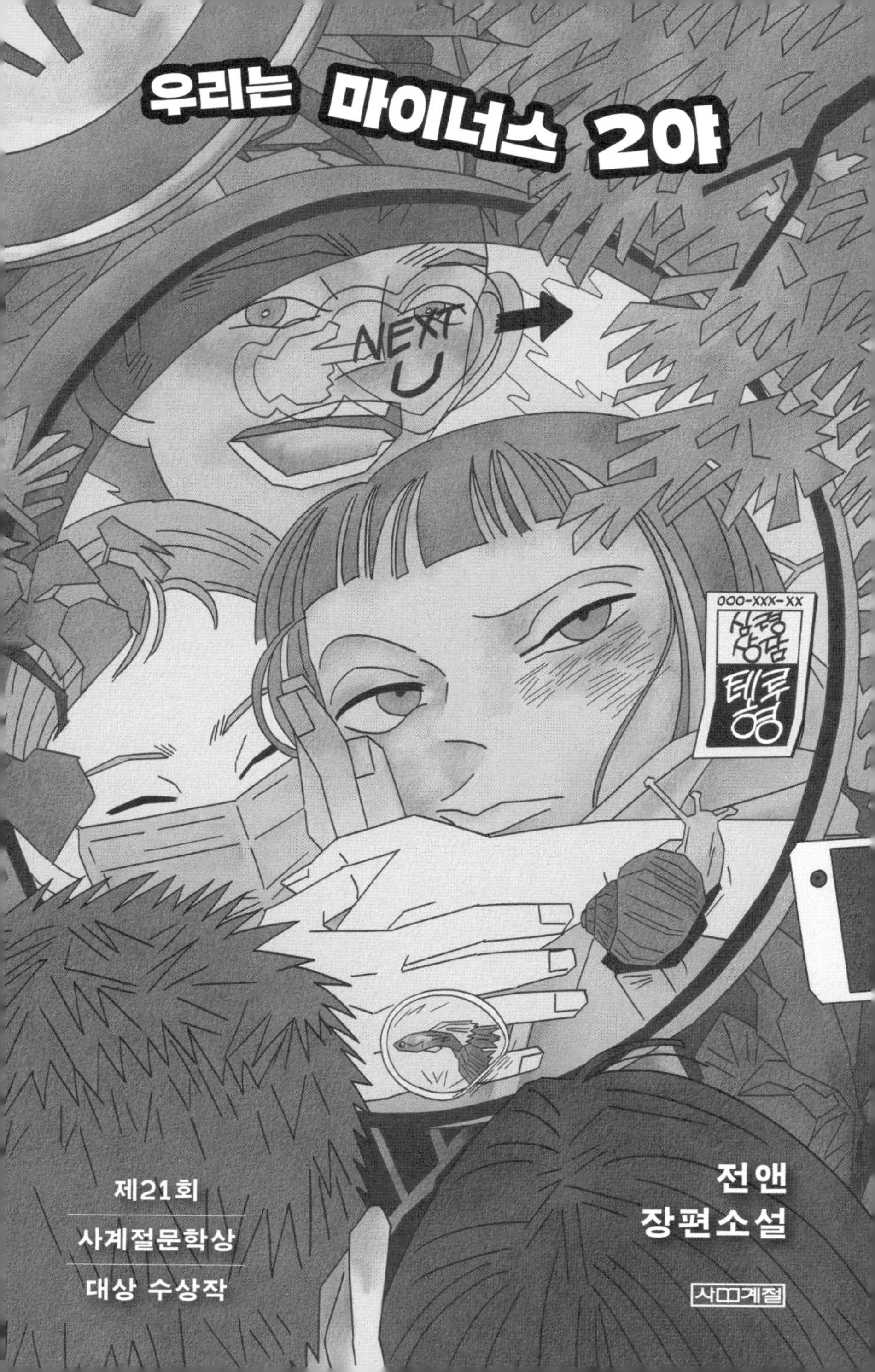

제21회
사계절문학상
대상 수상작

전앤
장편소설

사계절

목격자

양파는 만만한 생명체가 아니다. 반질반질 윤기가 나는 껍질로 자신을 감싸고서 동시에 맵고 고약한 향을 풍긴다. 나는 녀석을 손에 쥐고 눈가에 바짝 힘을 줬다. 양파의 붉은 겉껍질은 얇고 바스락거려서 잘 벗겨지지 않는다. 다음은 조금 쉽다. 결을 따라 이어지는 하얀 껍질을 계속 벗겨 내는 거다. 녀석은 형태가 작아질수록 축축해진다. 나는 그 조각 하나를 아작, 하고 씹어 삼켰다. 나오려던 눈물이 쏙 들어갔다. 콧물을 훌쩍이며 속이 텅 빈 마지막 껍질을 빨간 대야에 집어 던졌다. 아직도 벗겨 내야 할 양파가 어림잡아 백 개 정도 남아 있다. 이게 오늘의 작업량이다.

아빠가 사장인 '미주홍'에서 받은 근로 계약서를 보면 제 2조 근로 직종에 양파 까기라고 되어 있다. 설거지나 청소도 아니고 하필이면 양파 까기라니. 어쨌든 내 노동은 최저 시급 구천육백이십 원으로 계산된다. 현재 미주홍(이하 "갑")에 홍미주(이하 "을")는 백구십사만 원을 갚고, 이만 원만 남았다. 계약은 작년 가을에 체결되었다. 빚을 갚기 위해 나는 등교 전에 꼬박꼬박 식당에 들러 양파를 까며 세 계절을 보냈다. 양파만 까다 열여덟이 된 기분이다.

드디어 오늘이 왔다. 빚 청산의 날. 깐 양파가 한쪽에 늘고 있다. 마지막 노역을 서둘러야 한다. 이것만 끝나면 계산대 서랍 깊숙이 들어 있는 계약서를 꺼내 갈기갈기 찢어 쓰레기로 만들어 버릴 테다! 칼을 쥔 손이 속도를 내기 시작했다. 껍질과 껍질과 껍질이 쌓여 갔다. 벗겨 내도 알맹이는 없다. 그게 바로 내가 양파를 좋아하는 이유다. 인생에 있어 중요한 건 언제나 껍질. 마음 따위 볼 수도 없고 보이지도 않는데 어쩌라고. 그래서 그날, 나는 백구십육만 원을 하루에 다 써 버렸다.

내 몸은 여기 있지만 마음은 다시 그날로 돌아갔다. 쇼핑센터에 발을 내딛는 순간, 나는 엄마 카드를 손에 들고서 어디로 튈지 모르는 탁구공처럼 움직였다. 반짝이는 간판 불빛을 따라다녔다. 어디에 눈깔을 둬야 할지 몰라 정신없이 훑어보았다. 입을 반쯤 벌리고 새로운 냄새에 코까지 벌름거리며 의류 매장에 들어갔다.

천장까지 연결된 대형 이단 옷걸이에 수백 벌의 옷이 걸려 있었다. 요즘 유행하는 옷부터 평소 입고 다니기에 편안한 옷까지 가득했다. 마음에 든 옷을 골라 피팅 룸으로 갔다. 갈아입고 나와 거울 앞에서 몸을 이쪽저쪽으로 돌려 보았다. 순전히 옷차림이 달라졌을 뿐인데 새 인간으로 탈바꿈했다. 그대로 가격표만 떼어 냈다. 카드를 내밀자 그것들은 전부 내 것이 되었다.

다음은 화장품 매장으로 향했다. 앙증맞은 갈색 바구니에 화장품을 종류별로 담았다. 구매 후 메이크업 룸에서 직접 화장을 했다. 화장은 얼굴에 생기를 불어넣는 것을 넘어 완전한 창조의 기술이다. 나는 거울 속으로 빨려 들어갈 기세로 얼굴을 들이댔다. 생판 다른 내가 그 안에 들어 있었다.

마지막으로 한입 베어 문 사과 로고가 있는 매장에 갔다. 필수 아이템을 뒤늦게 손에 쥐었다. 액정이 깨진 휴대폰은 그대로 던져두고 나왔다. 새롭게 바꾼 휴대폰으로 그 애들을 불러냈다. 나도 한번은 제대로 보여 주고 싶었다. 나는 앞장서서 밥도 쏘고 노래방도 쏘고 내친김에 디저트 카페도

쌌다. 애들 눈이 휘둥그레졌다. 그날만큼은 재미있지도 않은 말에 항상 크게 웃어 주고, 함께하기 위해 마렵지도 않은 오줌을 싸러 화장실에 따라가던 내가 아니었다. 백구십육만 원은 그렇게 기똥차게 쓰였다.

최선을 다해 우편함을 지켰지만 연체된 카드비를 상담원이 엄마에게 직접 알려 주면서 모든 일이 발각되고 말았다. 엄마는 나에게 온갖 저주의 욕설을 퍼부었다. 본래도 목소리가 아주 큰데 그날은 모든 기운을 다 쏟아 내어 듣고도 믿을 수 없을 만큼 심한 말을 했다. 늘 이성보다 감정이 앞서는 사람이었다. 그래도 뒤끝은 없으니 그 순간만 참으면 될 줄 알았다. 그런데 평소 말이 없는 아빠가 근로 계약서 따위를 내밀 줄은 몰랐다. 사인을 하는데 어깨에 들어간 힘이 빠질 생각을 안 했다. 곁에서 엄마는 갑자기 늙어 버린 양 쉰 목소리로 말했다. 넌 진짜 나쁜 년이야!

나쁜 년은 나쁜 것인가? 착한 년은 좋은 것인가?
나는 오늘도 양파에게 묻고 양파는 껍질을 술술 벗을 뿐이다.
휴대폰 알람이 울렸다. 일곱 시 삼십 분이다. 나는 고무장갑을 벗어 던졌다. 구겨져 있던 몸을 펴려고 구체 관절 인형처럼 천천히 몸을 일으켜 세웠다. 작고 동그란 플라스틱 의자를 발로 툭 찼다. 의자는 굴러가다 보기 좋게 나동그라졌다. 기지개를 쭉 켜며 카운터 서랍에서 일수 수첩을 꺼냈다. 오늘 날짜와 일한 시간을 적어야 하는데 늦잠을 자서 미처 채우지 못한 삼십 분이 마음에 걸렸다. 따지자면 사천팔백십 원의 노동이 부족했다. 아빠는 장을 보러 갔고 엄마는 동생들을 학교에 보내야 해서 아직 출근하지 않았다.

에라 모르겠다, 시간을 속이자.

일부러 수첩을 탁 소리 나게 닫았다. 계약서도 구겨서 찢어 버렸다.

"양파들아 잘 있거라!"

텅 빈 식당이 울리도록 소리쳤다. 잘 벗겨 둔 양파에 아침 햇살이 닿아 반짝거렸다. 오랫동안 함께한 이들에게 빛나는 축하를 받은 기분이다.

그냥 나오기 아쉬워 마지막으로 주방을 빙 둘러보았다. 벽지는 바랬고 물건들도 낡았지만 지저분한 구석은 없었다. 싱크대와 조리대는 물기 없이 은빛 광을 내고 한편엔 삶은 행주들이 가지런히 접혀 있었다. 디근 자로 설치된 화구 위에는 크고 작은 무쇠 프라이팬 여러 개가 자리를 지켰다.

책가방을 메고 귀에 한 쪽씩 무선 이어폰을 꽂았다. 저장

된 플레이리스트를 재생했다. 기타의 선율이 격렬하게 들려왔다. 미치도록 시끄럽고 빠른 비트야말로 등굣길에 제격이다. 사이버 연인 레이가 찢어질 듯한 고성을 질러 대자 내 심장과 피부에 날카로운 고통이 생생하게 와닿았다. 피가 낭자하는 그의 뮤직비디오 장면도 절로 떠올랐다. 강렬한 통증을 위해 볼륨을 더 높였다.

카운터에 놓인 투명한 통에서 다이아몬드 모양 박하사탕한 알을 집었다. 혀로 사탕을 굴리며 식당 문을 열고 나왔다. 바로 그때 맞은편 골목 모퉁이에서 여자애가 뛰쳐나왔다. 마스크를 쓰고 있어서 얼굴은 잘 보이지 않았다. 우리 학교 교복을 입어서 눈길이 갔다. 뒤이어 쫓아온 남자애가 여자애의 팔을 붙잡았다. 남자애도 같은 교복을 입었다. 아침부터 길에서 사랑싸움이야 뭐야? 시선을 떼지 않고 보고 있는데 둘의 동작이 이상했다. 서로를 끌어당기고 밀어 내는 행동이 사나워 보였다.

바로 앞은 육 차선 도로다. 차 한 대가 그들을 향해 빵 하고 경적을 울리며 빠르게 지나갔다. 남자애가 여자애의 팔을 붙들었다. 둘은 서로를 밀치는 것도 같고 붙잡는 것도 같았다. 남자애가 도로 쪽으로 뛰어드는가 싶더니 금세 여자애가 도로 가까이에 서 있었다. 차 한 대가 또 지나갔다. 골목에서 나오던 사람들이 멈춰 서서 둘을 구경했다.

이어폰 안에서 레이가 고함을 질러 댔다. 볼륨을 낮추려고 만지작거리는데 이어폰이 그만 귀에서 떨어져 나갔다. 발밑 근처를 보았지만 없었다. 가까이에 흘린 것 같아 주변을 살폈다. 가게 문틈도 확인했다. 몸을 잔뜩 수그리고 보아도 찾을 수 없었다. 어디로 굴러갔지? 아예 식당 문을 열고 들어가 바닥을 훑었다.

그 순간 사람들 비명이 들려왔다. 밖으로 뛰쳐나왔는데 달리는 차들 때문에 잘 보이지 않았다. 까치발을 했다가 자리에서 폴짝 뛰었다. 버스에 가려 상황을 볼 수 없지만 사고가 난 게 분명했다. 건너가 보려고 하는데 내 앞으로 봉고차가 멈춰 섰다. 차창이 열리더니 아빠가 어서 타라며 호통을 쳤다. 나는 입 안에 있던 사탕을 퉤, 뱉어 냈다.

보조석에는 야채를 담은 커다란 자루가 놓여 있었다. 아빠가 얼른 자루를 뒷자리로 옮겼다. 학교는 두 번 좌회전하면 도착할 만큼 가깝다. 하지만 아빠는 딴 길로 빙 돌아서 나를 학교 앞에 내려 주었다. 가는 내내 아무런 말이 없었다. 운전대를 잡은 아빠의 표정이 어두워 보여 나도 사고에 관해 묻지 않았다.

차에서 내리는데 상의 안쪽 주머니에서 이어폰이 툭 하고 떨어졌다. 이어폰을 주워 들고 가만히 서 있는데 누군가가 뒤에서 나를 밀치며 바삐 뛰어갔다. 운동장 스피커에서 밝고 경쾌한 노래가 흘러나왔다.

먼저 도착한 소문

　　교실에는 이미 먼저 소문이 도착해 있었다. 아이들은 사
거리에 있던 그 애가 김세정이라고 했다. 학교에서 김세정
을 모르는 아이는 아마 한 명도 없을 것이다. 김세정은 체격
이 큰 남자애다. 아까 나도 유도 선수 같은 덩치를 보고 김세
정이라고 추측만 했다. 여자애는 작고 마른 뒷모습만 봐선
누구인지 쉽게 짐작 가지 않았다.

　　나는 책상에 엎드렸다. 평소 아침 자습 때 깊은 잠을 잤다.
여섯 시 전에 일어나 양파를 까고 학교에 오면 졸음이 몰려
왔다. 지금은 잠이 오지 않지만 다른 날과 똑같이 행동하고
싶었다. 1교시가 시작되려면 십 분 정도 남았다. 생각하고

싶지 않은데 자꾸만 사고 직전의 장면이 떠올랐다. 아까 아빠 차 안에서 반대편 차선으로 요란한 사이렌을 울리며 가는 구급차를 보았다. 소문을 듣자 하니 여자애가 병원에 실려 간 모양이었다.

짝이 앞에 앉은 아이와 이야기하는 소리가 들렸다. 짝의 이름이 박지현인지 박지연인지 헷갈렸다. 나는 눈을 감고서 가만히 있었다. 둘의 대화는 늘 듣지 않으려고 해도 듣지 않을 수 없었다. 박지현인지 박지연인지가 갑자기 목소리를 낮추었다.

"너 아직은 아무한테도 말하지 마."

"뭐를?"

"김세정이랑 김세아, 쌍둥이래."

"말도 안 돼."

"내가 아까 교무실 갔다 들었어."

"둘이 아예 다르잖아."

"봐, 세아 아직도 안 왔잖아."

"그럼 병원 실려 간 애가 우리 반 김세아라고?"

나는 귀를 바싹 세웠다.

"그게 그러니까……."

"진짜?"

박지현인지 박지연인지가 귓속말로 쑥덕거렸다. 둘은 뭔가 중요한 단어를 계속 빼먹고 이야기했다. 나는 고개를 들고 허리를 쭉 펴는 척하며 박지현인지 박지연인지의 말을 확인했다. 정말 김세아 자리가 비어 있었다.

김세아는 별명이 주번이다. 항상 아침 일찍 와 교실 문을 열어 놓았기 때문이다. 그뿐 아니라 분리수거도 열심히 하고 청소 시간에는 창틀 구석구석까지 닦는 아이였다. 칠판 옆 게시판에 얼룩이 묻거나 흠집이 생기면 누가 시키지 않아도 혼자 보수 작업을 했다. 학기 초에 애들이 김세아에게 오늘 네가 주번이야? 하고 묻다가 그런 별명을 얻었다. 김세아는 학급 회의 시간에 한 번도 의견을 낸 적 없지만 결정된 사항은 누구보다 잘 지켰다.

언젠가 반 애들이 하는 말을 들었다. "세아랑 같은 조 되면 짜증 나. 대충 해도 될 청소도 계속하니까 나까지 집에 늦게 가잖아." "지난번에는 그 쓰레기를 혼자 다 버린 거 있지. 나만 괜히 나쁜 사람 됐어." 아이들은 김세아를 챙기며 잘해 주는가 싶다가도 멀리했다. 김세아는 무리에 끼었다가 끼지 못하기를 반복했는데 정작 자신은 그걸 모르는 눈치였다. 어느 무리 안에 있든 항상 조용히 웃고 있었다.

그런 김세아랑 김세정이 쌍둥이라고? 도무지 믿기지 않았다. 둘은 닮은 구석이 없다. 김세아가 차분하고 말이 없어 내성적인 축에 속한다면, 김세정은 남들이 말하는 내용과 상관없이 맥락 없는 말이나 질문을 계속 되풀이하는 시끄러운 타입이었다.

김세정은 옆 반인데 덩치만큼 목소리도 컸다. 미술과 음악 합반 수업 때마다 교실 분위기를 정신없게 만들었다. "아 그러니까 그게, 그게 있잖아. 저기 그거 거기." 하면서 계속 알아듣기 힘든 말을 쏟아 냈다. 게다가 웃기도 잘 웃었는데 김세아랑은 다른 웃음이었다. 얼굴에 쓸데없이 웃음을 달고 다닌다고 할까? 선생님께 야단을 맞으면서도 웃었다. 사회적 신호를 잘 받아들이지 못하거나 아니면 생각이 없는 게 분명하다. 언젠가 김세정이 내 옆에 앉기 위해 다가왔을 때 나는 재빨리 자리를 옮겼다. 크게 웃는 게 싫어서였다.

입학 때만 해도 아이들은 김세정을 멀리하지는 않았다. 그런데 시간이 지날수록 김세정은 자주 쿵쾅거리며 학교를 돌아다니고, 자리에 앉아서도 계속 다리를 떨어 대고, 지루하면 제 앞머리를 뽑아 대곤 했다. 꽤 방해를 받은 몇몇이 대놓고 김세정에게 싫은 말을 하고 눈치를 주었는데 달라지는 건 없어 보였다. 이제 아이들은 아예 무시하는 방식으로 신경을 끊는 분위기였다.

"너 박지현이야, 박지연이야?"

"미친."

박지현인지 박지연인지가 나를 노려보았다. 짝이 된 지 한 달도 더 지난 시점에서 묻기에는 좀 늦은 질문이긴 했다.

"뭐냐니까?"

"현이다."

"아. 근데 김세아랑 김세정이랑 진짜 쌍둥이야? 둘이 다르게 생겼잖아."

"이란성은 그래. 근데 너······."

"사실은 나, 아침에 그 사거리 앞에 있었어."

말을 하면 좀 가벼워지지 않을까, 나름의 정리가 되지 않을까, 하는 마음에 툭 내뱉고 말았다. 박지현이 눈을 흘기다 말고 내 얼굴 가까이에 자신의 얼굴을 가져다 대었다. 그 앞에 앉은 애도 기대에 찬 눈빛으로 나를 보았다. 머릿속에선 그만 말을 멈추는 게 좋을 것 같다고 생각했지만 혀는 빠르게 움직이기 시작했다. 이게 흥분할 일이 아닌데 둘에게 최대치로 전달하고 싶은 욕심에 나도 모르게 그만 말이 많아져 버렸다.

"둘이 싸웠다고? 뭐라면서 싸웠는데?"

"그게 내가 음악을 듣고 있어서······."

"그니까 민 거야? 미끄러진 거야?"

"트럭이 진짜로 들이받았어?"

"내 앞에 차가 많아서 정확히는 못 보고……."

"답답하게, 그럼 넌 도대체 뭘 본 거야?"

박지현의 음성에서 짜증이 묻어났다. 점점 후회가 밀려왔다. 말을 하면 두려움이 휘발될 줄 알았는데 몸에서 기운만 빠져나갔다.

"근데 너 어떻게 학교에 왔어?"

앞에 앉은 아이가 심각한 표정으로 나를 바라보았다. 불러 본 적 없지만 박지현이 여울아, 이여울, 하고 부르는 소리를 자주 들었다. 눈꼬리가 여우처럼 살짝 올라가 있어 묘하게 이름과 잘 어울렸다.

"응?"

나는 당황해 되물었다.

"그 현장에 있었다면서. 너 앞으로 어떻게 사니? 나라면 무서워서 다시 집으로 갔을 거야."

내가 학교에 온 게 잘못 같았다. 이여울의 눈빛에서 서늘함이 느껴져 더 섬뜩했다.

평소에 박지현과 이여울은 내가 듣고 있다는 걸 자각하지 못하고 순전히 웃고 떠들다가도, 문득 내가 있는 것을 알아차리면 긴장감을 드러냈다. 아주 짧게. 내 앞에 있는 둘의 이야기를 조용히 음미하려면 말 그대로 나 자신을 드러내지 않은 채 어떠한 행동도 취하지 않고 입을 다물고 지내야 했다. 오늘은 그걸 어긴 거다. 수업 시작종이 울리자 이여울이 몸을 돌려 앉았다.

내 자리는 뒤에서 두 번째 창가다. 김세아의 자리는 대각선 방향이다. 힐끔 보니 책상 서랍 안에 넣어 둔 소설책이 여러 권 보였다. 그중 한 권이 삐죽 튀어나와 있었다. 저대로 두면 떨어져서 나중에는 잃어버릴 게 분명했다. 괜히 꺼내서 살펴보고 싶은 마음도 굴뚝같았지만 평소대로 내 자리에 가만히 앉아 있었다.

점심시간이 지나도록 김세아는 오지 않았다. 6반 김세정도 오지 않았다. 둘이 이란성 쌍둥이라는 소문은 어느 정도 기정사실화되었다. 다들 처음에는 놀랐지만 퍼즐 조각을 맞추듯 따져 보니 금세 알 수 있었다. 학교 전체가 종일 둘의 이야기로 떠들썩했다. 김세정이 돌아오면 그동안 김세아에게 못되게 굴었던 아이들한테 후환이 닥칠지 모른다는 소문도 돌았다. 교실이 은근한 두려움에 둘러싸였다. "난 이제 죽었다." 어떤 아이는 자학 섞인 농담을 했다.

"며칠 전에 세아가 교문 앞에서 미주 기다렸잖아."

"왜 기다렸대?"

"백일장 때문이라던데."

나도 모르는 이야기를 박지현과 이여울이 주고받았다. 김세아가 나를 기다렸다고? 갑자기 신경이 쓰였다. 귀를 한껏 열고 집중했지만 둘은 금세 다른 이야기로 넘어가 버렸다.

가만 기억해 보니 언젠가 김세아가 백일장 이야기를 했었다. 쭈뼛거리며 다가와 이상한 소리를 하길래 무시하려고 했다.

"네 시 참 좋더라. 너를 만나기 위해 버스를 타고 종점까지 가. 종점은 바다 같아. 너는 얼어붙은 겨울 바다였다가 힘차게 밀려오는 파도였다가 갇혀 버린 별 같아."

그 시는 국어 수행으로 제출한 시였다. 만점을 받아 나도 좀 놀라긴 했다. 하지만 구절을 외워서 읊어 대니까 부담스러웠다. 나는 김세아가 왜 이러나 싶었다. 나랑 친해지려고 작정을 했구나, 하는 마음에 걸음을 빨리해 자리를 피했다. 김세아가 복도를 지나 교실 앞까지 따라오더니 불쑥 포스터를 내밀었다. 벽에 붙여 둔 것을 떼어 왔는지 모서리에 테이프 자국이 그대로 남아 있었다.

"상 받으면 대학 갈 때 유리하대."

그 백일장은 한 번도 가 본 적 없는 강원도 소도시에서 열렸다. 당일 오전 열 시까지 도착하려면 새벽 네 시에 일어나 다섯 시에는 출발해야 했다. 고속버스 요금을 검색해 보니 왕복 칠만 원이었다. 이건 아니지 싶었다.

"상금도 있어."

"얼만데?"

"백만 원."

나는 귀를 만지작거렸다. 백만 원에 좀 놀랐다.

김세아가 같이 나가자고 해서 나는 그런 거 해 본 적도 없고 생각도 안 해 봤다고 솔직하게 말했다. 그랬더니 재미로 나가 보자고 해서 그만 입이 벌어졌다.

"잠깐만."

돌아서는 나를 김세아가 붙잡았다.

"같이 글 봐 주면서 백일장 준비해 보는 건 어때?"

그만 헛웃음이 나올 뻔했다. 김세아는 입가에 미소를 머금고 내 쪽으로 자꾸만 몸을 기울였다. 반짝이는 눈빛에서 뭔가 꿍꿍이가 느껴졌다. 나는 두어 발짝 뒷걸음쳤다.

"생각은 해 볼게. 나중에 얘기해."

거절하기 어려워 겨우 한 대답이었다. 그게 다였다. 혹시 내 말을 잘못 알아들었나? 그날 내가 좀 웅얼거리긴 했는데······. 설마 나를 기다려?

종례 시간이 지났는데도 담임이 들어오지 않았다. 아이들
은 무리 지어 웃고 떠들었다. 나는 계속 머리가 아프고 가슴
이 답답했다. 아침에 식당을 나설 때만 해도 기분이 좋았는
데 사고 현장을 지나친 후로 내내 가슴에서 이상한 열기가
느껴졌다. 투명막을 뒤집어쓴 양 엎드려 있는데 교실 문이
열렸다.

담임의 표정이 심각했다. 교탁 앞에 서서 우리를 휘둘러
보았다. 한동안 말이 없었다. 교실은 금세 쥐 죽은 듯 조용해
졌다. 나는 분홍색 셔츠를 입은 중년의 남자 담임을 뚫어지
도록 보았다. 가까스로 담임이 입을 열었다. 김세아는 오늘
아침에 교차로 신호 위반 차량 때문에 사고를 당했고 구급
차 안에서 그만 숨을 거두었다고 전했다.

일순간 교실의 공기가 차갑게 얼어붙었다. 잠시 후 한 명
이 훌쩍이기 시작하자 교실 전체가 울음바다가 되었다. 갑
작스러운 이별 앞에서 아이들은 놀라고 슬퍼했다. 박지현은
통곡하듯 책상에 엎드려 울어 댔다.

나는 입술을 다문 채 조용히 아이들을 응시했다. 도무지
어떤 표정을 지어야 할지 갈피를 잡을 수 없었다. 고통스럽

게 받아들이려고 하자 그렇게 친한 건 아닌데 싶은 생각이 먼저 들었다. 담담하게 받아들이려니 내가 잔인하게 느껴졌다. 어깨에 힘이 쭉 빠지면서 한숨만 나왔다. 박지현이 휴지로 눈물을 닦다 나를 보았다. 가만히 있는 나를 어이없다는 듯 노려보더니 입 모양으로 천천히 욕했다.

아이들이 교실을 빠져나가는 동안 나는 평소처럼 맨 마지막에 나가기 위해 가방을 열고 무언가를 찾는 척했다. 내가 무슨 실수를 한 걸까? 거짓말을 하고 멋대로 낭비한 것과는 다른 새로운 실수를 한 기분이 들었다.

우연히 사고 현장에 있었지만 그게 우리 반 아이일 줄은 상상도 못 했다. 어제까지 한 교실에 있던 애가 죽으면 어떻게 해야 하는지…… 나는 모르고 있었다. 박지현은 아는 걸까? 아니까 저렇게 슬프게 울 수 있겠지. 나는 내 마음을 알 수 없어서 좀 답답했다.

구 년째 룸메이트

밤에 일찍 잠자리에 누웠다. 잠들기 위해 몸을 뒤척였지만 잠이 오지 않았다. 잠이 안 오니까 자꾸만 뭘 생각하게 되었다. 죽음을 진지하게 생각해 본 적 없다. 그것은 저 멀리 있었다. 그것보단 가까이에 있는 삶, 예를 들어 시험을 망치는 일이나 친구 고민 같은 것들이 먼저였다. 김세아는 달려드는 차를 피하지 못했다. 누군가는 그렇게 죽기도 한다는 것을 모르지는 않았다. 다만 내 가까이에서 그런 죽음이 일어날 수 있다는 걸 몰랐을 뿐이다.

익명 커뮤니티에 글을 남겼다.

ㅡ 친구가 죽으면 언제쯤 괜찮아질까요?

바로 답글이 올라왔다.

- 찐친이면 영원히 힘들죠. ㅠㅠ

또 다른 답이 달렸다.

- 사람은 이기적이라 시간이 지나면 나아집니다.

- 얼마나 친하셨어요?

나는 다시 글을 남겼다.

- 그게 그러니까 막 가까워지려고 했는데 죽어서…… 얼마나인지를 모르겠어요.

- 울었습니까?

- 아니요, 이상하게 눈물이 안 나요. 안 믿기는 것 같기도 하고요.

- 님 충격이 크신 듯.

방의 인테리어는 벽에 붙여 놓은 검은 나무 스티커가 유일했다. 1미터 정도 되는 나무에 검은 새 한 마리가 앉아 있다. 침대에 누우면 바로 보였다. 멍하니 나무를 감상하는데 할머니가 바닥 이부자리에서 끙 소리를 냈다.

할머니는 올해 일흔아홉이 되었다. 작년부터 기억이 오락가락하더니 엉뚱한 이야기를 자주 꺼냈다. 어제도 잠옷을 갈아입다 말고 움푹 파인 볼에 잔뜩 힘을 주며 말했다.

"네 엄마가 달리기는 빨랐어야."

할머니의 눈빛은 오래전 엄마와 이모를 더듬었다. 어렸을 때 사진을 보면 둘은 잘 구분되지 않았다. 연년생이지만 쌍둥이 같았다. 사진 속 엄마는 가슴을 펴고서 카메라를 향해 활짝 웃고, 이모는 엄마 뒤로 자신을 살짝 감추고서 멀리 어딘가를 바라보며 서 있었다.

"할머니! 나는 그게 문제라고 생각해. 심부름시키면 엄마만 벌떡 일어나서 슈퍼까지 달려 갔다 오고, 요리랑 청소도 혼자 다 하는 그런 게. 그때 이모는 다른 걸 했잖아. 할머니, 인생은 절대 부지런하고 착한 사람에게 복을 주지 않아."

내가 가르치듯 말하면 할머니는 조는 듯 들었다.

우리 부모는 중국집을 차리려고 두 살 된 나를 이모 집에 맡겼다. 나는 아홉 살까지 이모를 엄마라 부르며 자랐다. 다시 엄마 아빠와 함께 살게 된 뒤 얼마 지나지 않아 동생들이 태어났다. 그 당시 할머니도 시골에서 올라와 함께 살았다. 여섯 식구가 작은 집에 모여 사는 환경이 도무지 적응되지 않았다. 나는 초등학교 때 헬멧을 쓰고 배달 가는 아빠를 보면 도망쳤다. 집에 오면 둘째는 내 가방을 뒤져 책을 찢고 연필을 부러뜨렸다. 거실 바닥을 기어다니다 이불에다 똥을 싸는 막내가 사람으로 보이지 않았다. 나는 자주 소리를 질렸다. 염병할, 또 싸우냐! 할머니는 내 등짝만 때렸다. 나는 가족들을 피해 옷장으로 들어갔다. 다시 이모 집에 살게 해 달라고 기도했다. 이모 집에는 피아노가 있었다. 내 방도 있고 인형들도 가득했다. 음악이 흐르고 가끔은 빵 굽는 냄새가 났다. 내 진짜 집에는 그런 것들이 없었다. 늦은 밤 엄마가 식당에서 돌아와 잠든 나를 옷장에서 꺼냈다. 잠결에도 엄마 얼굴을 보면 화가 났다.

그때부터 지금까지 우리 집은 엘리베이터도 없는 낡은 아파트를 벗어나지 못했다. 게다가 1층이라 외부 시선과 자주 마주쳤다. 방은 2인 1실로 사용했다. 한마디로 사생활 보호가 전혀 되지 않는 그런 집. 도통 이해할 수가 없다. 친자식을 친척에게 맡기면서까지 돈을 벌었는데 여전히 가게는 월세고 집은 전세라니. 엄마 아빠는 쉬는 날 없이 열심히 일하는데도 꾸준히 가난해서 딸에게 방 하나 주지 못한다.

"할머니!"

어둠 속에서 나는 구 년째 룸메이트로 지내는 할머니를 불렀다.

"작년에 내가 엄마 카드를 몰래 쓴 건 잘못했지. 나도 알아, 안다고. 하지만 나는 앞으로도 내가 버는 족족 다 써 버릴 거야. 벌어서 조각 케이크 말고 홀 케이크 사 먹을 거야.

아빠, 엄마, 동생 아무도 안 주고 나 혼자 다 먹을 거야. 아니다, 할머니는 줄게. 나중에 기억 못 하더라도 먹는 그 순간은 즐겁잖아. 그치? 할머니, 그럼 된 거야."

할머니는 입으로 쩝쩝 소리를 냈다.

"나 고등학교 졸업하면 빨리 돈 벌 거야. 어차피 내 어중간한 성적으로는 좋은 대학도 못 가. 간다고 하더라도 시간만 아깝지. 근데 뭘 해 벌어? 그게 문제야."

나는 할머니에게 생각나는 대로 말했다. 어차피 금방 까먹을 테니까. 가끔 할머니는 나를 엄마나 이모로 착각해 불렀다. 그럼 나는 나 인희잖아, 하며 이모 흉내를 냈다가 아니나 인서라니까, 하고 짜증 섞인 투로 할머니를 속였다.

"미주야, 곶감 먹고 잦다."

할머니는 평소 열 시만 되면 잠 귀신이 붙은 사람처럼 코를 골았는데 오늘은 배가 고파서 쉽게 잠이 오지 않는 모양이었다. 나는 지금 곶감이 어디 있냐며 퉁명스레 말하고는 벽 쪽으로 돌아누웠다.

눈을 감자 커다란 자동차 바퀴가 끽 하고 멈춰 서는 장면이 떠올랐다. 순간 머릿속으로 날카로운 통증이 지나가고 둥, 둥, 둥 하는 소리가 귓속을 울려 댔다. 심장이 벌렁거리고 서서히 몸이 달아오르는 것 같았다. 이불을 말아 쥐며 몸을 움츠리자 어디선가 굉음이 들려왔다. 쿵, 쿵, 쿵. 깜짝 놀라 눈을 번쩍 떴다. 자리에서 벌떡 일어나 앉았다. 불이라도 켜고 있을까?

"할머니!"

겁이 났다. 할머니를 계속 깨웠다.

"자?"

"와?"

"할머니! 죽으면 어떻게 될까?"

"미주야, 나 그 초코 과자 좀 사다 주라잉."

할머니는 계속 먹는 이야기만 했다. 짜증이 나서 다시 자리에 누웠다.

나무를 바라보는데 살아 있으니까 먹고 싶지, 하는 생각이 들었다. 시체가 되어 부패하고 흔적도 없이 이 세계에서 사라지는 게 죽음이다. 그러니까 복잡하지 않고 단순하게 정리하자면, 뭐든 죽으면 다 끝나는 거다. 나는 오른쪽으로 누웠다 왼쪽으로 돌아누웠다. 따져 볼수록 내가 내린 결론이 만족스럽지 않았다. 당연하게도 죽음을 아는 사람은 이 세상에 있을 수 없었다. 그런데, 박지현은 왜 그렇게 울었을까? 알아서 무섭고 슬픈 애처럼. 나한테 욕을 왜 했지? 생각할수록 괘씸했다. 새벽 세 시다. 생각을 그만 몰아내고 제발 잠들고 싶었다.

이틀째 공포 영화를 보다 잠이 들었다. 무서울 땐 무서운 영화로 극복해 보라는 커뮤니티의 조언을 듣고 좀비 영화를 보기 시작했다. 볼 때는 시간 가는 줄 모르는데 아침에 일어나면 머리가 지끈거렸다. 이불 속에서 애벌레처럼 몸을 말고 끙끙거렸다.

"미주야! 조만간 특별한 손님이 오겠다."

바닥에는 화투장이 펼쳐져 있었다. 할머니의 화투 점은 어떤 날은 맞았지만 대체로 엉터리였다. 그래도 시험 기간이 되면 운이 좋은지 나쁜지 꼭 알고 싶었다.

방 바깥에서 동생들 소리가 시끄러웠다. 둘째는 아홉 살이고 식탐이 많았다. 맨날 베짱이처럼 튀어나온 배를 앞뒤로 흔들며 여덟 살 막내를 괴롭혔다. 막내는 말보다 울음이 먼저였다. 나와 보니 둘이 화장실 바닥에서 뒹굴고 있었다. 나는 가까스로 화장실에서 둘을 쫓아내고 문을 닫았다. 변기에 앉자 한숨이 절로 나왔다. 조용한 식당이 그리웠다. 지겨워서 머리도 감지 않고 세수만 했다. 엄마가 밥 먹고 가라고 불렀지만, 그냥 집을 나왔다.

사거리 앞에 멈춰 섰다. '우회전 보행자 주의! 일단 멈춤!'

나무에 큰 현수막이 걸려 있었다. 파란불로 바뀌자 사람들이 건너기 시작했다. 몇 초 뒤 차들이 지나갔다. 거리는 활기찼다. 저기서 무시무시한 일이 일어났다는 사실이 거짓 같았다. 다음 신호에는 건너가야 하는데……

나는 최대한 자연스럽게 길을 건넜다. 나무가 늘어선 가로수 길을 쭉 따라가다 꺾으면 학교 주차장 출입구로 이어지고, 운동장을 지나면 건물이 눈에 들어온다. 현관을 통과하고 교실 복도를 천천히 지났다. 아직 아이들이 등교하지 않은 학교는 조용했다.

가만히 문을 열었다. 창가 커튼 사이로 햇빛이 들어와 있다. 빛이 세아 책상을 가로지른다. 그늘진 의자와 달리 꽃바구니가 빛에 걸려 반짝거렸다. 내 그림자가 '세아야 보고 싶어.'라고 적힌 엽서를 덮었다. 한 발 뒤로 물러서자 글자들이 하얗게 변했다.

'언제나 다정했던 세아야, 너와 더 친했다면 좋았을 텐데. 너를 기억할게.'

엽서에 적힌 말들을 읽어 보았다. 정말이니? 쓴 사람 이름을 가만히 노려보다 책상에 뒤집어 놓았다.

왜 나에게 왔니

오늘도 가위에 눌렸다. 커다란 차바퀴가 끽 소리를 내며 굴러와 나를 덮쳤다. 꿈이라는 걸 알면서도 가슴 위로 통증이 느껴졌다. 온몸을 옥죄는 답답함에 도무지 움직일 수 없었다. 손가락 하나를 움직이면 끔찍한 고통에서 벗어날 수 있지만 그걸 해내지 못해 계속 몸부림쳤다. 악몽에서 내내 시달리는데 누군가가 나를 부르는 소리가 들려왔다.

이번에는 꿈에 세아가 나타났다. 벽에 붙은 검은 나무 옆에 서 있었다. 세아는 약간 투명해 보였다. 어둠 탓인지도 몰랐다. 마스크를 쓰고 있어서 단번에 알아보지 못했다. 세아가 나를 보고 웃었는데 반달 모양으로 접히는 눈이 익숙했다. 나도 모르게 세아냐고 물었다. 세아가 힘차게 고개를 끄덕였다. 죽었는데 마스크를 꼭 써야 하냐고도 물었다. 세아는 너에게 이 모습이 더 익숙하잖아, 했다. 맞는 말이다. 나는 마스크를 벗은 세아의 얼굴을 본 적 없었다. 몰라봐서 미안하다고 말했다. 죽은 사람은 무서우니까 잘 보여야 할 것 같아서였다.

꿈에서 나는 계속 꿈을 꾸고 있다고 생각했다. 더 자야 했다. 이불을 머리끝까지 뒤집어썼다. 이불 밖으로 맨발이 빠져나왔다. 이어 자고 싶은데 이번에는 발바닥이 간지러웠다. 몸을 구부리다 웃음보가 터지고 말았다. 내 급소는 겨드랑이나 목덜미가 아니라 발바닥이다. 때 아닌 급습에 웃음보가 터져 멈출 줄을 몰랐다. 발바닥을 긁으며 눈을 떴다.

눈을 떴을 때 나는 꿈이 아니라는 사실에 놀랐고 세아가 진짜로 내 눈앞에 있다는 사실에 더 놀랐다. 세아는 교실에서 보던 모습 그대로였다. 교복도 입고 사지도 멀쩡했다. 나와 눈이 마주치자 히죽 웃었다.

어둠에 익숙해지면서 등골이 서늘해졌다. 자리에서 일어나 앉았다. 침대머리에 최대한 몸을 붙이고서 세아를 노려보았다. 정신이 또렷해질수록 몸은 굳어 갔다. 간신히 손을 뻗어 가까이에 있던 휴대폰을 쥐었다. 세아를 향해 휴대폰

불빛을 비추었다. 세아는 검은 나무 옆에 꼼짝 않고 서 있었다. 자신이 간지럼을 태우지 않은 양, 시치미를 떼며 웃고 있었다. 저기, 나는 목이 잠긴 탓에 소리가 잘 나오지 않았다. 두어 번 더 불러 보았다. 다음 말은 이어지지 않았다.

마침 할머니의 코 고는 소리에 정신이 들었다. 곁에 할머니가 있어서 천만다행이다. 나는 할머니를 깨우려고 불빛 방향을 바꾸었다.

할머니는 얼굴을 베개에 파묻고 편히 잠들어 있었다.

"할머니……."

나지막이 불러 보았다. 할머니가 이불 속에서 다리를 길게 뻗더니 뭐라 중얼거렸다.

"할머니!"

다시 불렀다. 할머니는 아예 나를 등지고 돌아누웠다. 도저히 일어날 기미가 없어 보였다. 바닥으로 내려가 어깨를 잡고 흔들어 볼까 싶었지만 좋은 방법은 아닌 것 같았다. 할머니는 늙어서 심장이 약할 게 분명하다. 할머니까지 놀라게 해 상황을 복잡하게 만들고 싶지 않았다. 나는 할머니를 깨우는 일은 잠시 미루기로 했다. 정신을 차리자. 머리통을 붙잡고서 어떻게 세아를 내쫓을지 생각했다.

시간을 확인해 보니 새벽 세 시다. 자세히 볼수록 세아는 귀신이라기보다 한밤에 놀러 온 옆집 아이 같았다. 가출하고 갈 곳 없어 온 친구나 먼 친척 같기도 했다. 애를 손님으로 대해야 할까? 그럼 마실 거라도 줘야 하나? 냉장고에 주스가 있으면 좋겠지만 엄마가 절대로 사지 않는 음식이다. 물은 좀 그렇지 않나 싶은 생각을 하다 내가 귀신을 보고 미쳤다는 생각이 들었다.

"왜 온 거야?"

따져야 했다. 언젠가 귀신은 원한을 갖고 찾아온다는 말을 들었다. 우리는 함께 화장실에 가거나 밥을 먹는 그런 사이가 아니었다. 친해야 원한도 갖는 거 아닌가?

"어제 내 자리에 국화 됐더라."

"나는 아무것도 안 했어. 그냥 구경만 했어."

"알아. 넌 맨날 구경만 하잖아."

"방관자가 더 나쁘다, 뭐 그런 말 하러 온 거야?"

"아니."

"그럼 반 애들 다 돌고 마지막에 나한테 온 거야?"

"아니."

"나한테만 왔다고?"

"응."

"왜?"

"너 진짜 백일장 안 나갈 거야?"

나는 묘하게 무서웠다. 그러니까 나를 거기 나가게 하려고 죽어서까지 쫓아왔다는 말? 왜? 교문 앞에서 기다렸다는 말도 이상했는데 이 상황은 진짜 아니지 않나?

"내가 거길 왜 나가야 하는데?"

"말했잖아. 네 시에는 뭔가가 있다고."

"야! 시에는 다 뭔가가 있어."

세아가 웃었다. 키득키득. 진짜 사람처럼.

"박지현이랑 이여울이 그러는데 네가 나 기다렸다고 하더라. 진짜야?"

"걔네가 널 무시하는 것 같아서 그렇게 말했어."

굳이? 어쨌든 혼자 궁금했는데 대답을 들어서 맘이 편하긴 했다.

"너랑 같이 가고 싶었던 건 맞는데 지금은 그거 때문에 온 거 아니야."

"그럼?"

"너에게 받을 돈이 있어서 왔어."

돈? 세아의 뜬금없는 말에 잠시 어리둥절했다.

"기억 안 나? 너 나한테 돈 빌려 갔잖아."

"얼마를?"

당황해서 목소리가 떨려 나왔다.

"오백 원."

나는 웃음이 터졌다. 할머니가 깰까 봐 얼른 손으로 입을 막았다.

"잔돈 있니? 아니면 그냥 다 가져가고."

나는 지갑에서 천 원을 꺼냈다. 어서 가져가라고 재차 손을 흔들었다. 세아는 받지 않고 가만히 서 있었다. 돈을 내민 손이 무색해졌다.

"나는 이제 먹지도 않고 자지도 않아. 옷을 갈아입을 필요도 없고 차비도 필요 없어."

"근데 왜 받으러 왔어?"

"받아야 하니까."

"필요 없다며?"

"그 가치만큼은 돌려받을 필요가 있지."

벙쪘다. 갚으라는 건지 말라는 건지 도무지 이해가 안 갔다. 나는 목소리를 높여 물었다.

"도대체 내가 너한테 오백 원을 언제 빌렸는데?"

"기억 안 나?"

세아가 걱정스러운 눈빛으로 나를 빤히 보았다. 덜컥 겁이 나 응,이라는 말이 입 밖으로 나오지 않았다.

"큰일이다. 난 그 기억으로 받아야 하는데."

머릿속에 지우개가 있나? 전혀 기억나지 않았다. 언제 어디서 어떻게 왜 빌렸을까? 우리는 급식 시간이나 하교 때 따로 만난 적이 없었다. 그렇다면 우연히 매점에서 세아를 만났나? 그럴 리가. 그 애들과 마주치면 가장 불편한 장소가 매점이라 그 근처도 피해 다녔다.

오천 원도 아니고 오백 원을 어디에 쓰려고 빌렸지? 마음이 심란해졌다. 그러다 바로 오백 원이기 때문에 까먹었다는 결론에 이르렀다.

푼돈! 그러니까 빌린 쪽에서 곧잘 잊어버리기 쉬운 아주 적은 금액이다. 그렇다고 돌려받기는 더더욱 어려운 푼돈. 갚으라고 말하면 못된 애들은 도리어 쪼잔하다고 신경질을 부렸다. 반드시 갚지 않아도 되는 금액. 돈은 돈인데 하찮은 액수. 속상하지만 챙겨 받기를 포기해야만 하는 잔돈.

갑자기 예전에 아이스크림을 먹겠다며 내게 오백 원을 빌려 간 인간들의 얼굴이 떠올랐다. 꼭 매점 앞에서 상습적으로 잔돈을 빌리는 애들이 있었다. 빌려주면 갚는 사람과 갚지 않는 사람으로 확실히 나뉘었다. 나야 당연히 빌리면 갚는 쪽이다.

"만약에 기억 못 하면 나 어떻게 되는데?"

일 년 가까이 양파를 까 보니 빚이라면 진절머리가 났다. 그래도 그건 이백만 원에 가까웠다. 고작 오백 원에 쫄 필요는 없다. 오백 원으로 근로 계약서를 쓸 거야, 어쩔 거야?

"나도 잘 모르지만, 아마."

세아는 몹시 당황한 표정을 지으며 말을 이었다.

"계속 너와 같이 있어야 하지 않을까?"

"야! 안 그래도 은따인데 거기에 귀신 붙은 애라는 소문까지 나면 곤란하지."

"나도 널 곤란하게 만들고 싶지는 않아."

세아는 여린 목소리로 말했는데 그게 더 소름 끼쳤다.

"그깟 오백 원 때문에 진짜 너무하는 거 아니야?"

"너 그렇게 쉽게 생각하지 마. 아프리카 애들을 떠올려 봐. 하루 밥값이 될 수도 있어. 폐지 줍는 노인들 봤지? 오백 원은 귀한 거야. 맞다, 넌 오백 원 아끼려고 먹고 싶은 거 참은 적 없어? 오백 원 때문에 편의점에서 다른 걸 산 적 없어?"

세아 말에 머리가 지끈거렸다. 오백 원, 오백 원, 오백 원. 치사하고 분한 마음에 아랫입술을 꽉 깨물었다 놓았다.

"너무 걱정하지 마. 곧 기억나겠지."

내 표정을 살피며 세아가 달래기 시작했다.

"너, 진짜 죽은 거 맞지?"

내 입에서 나온 말이지만 너무 잔인하게 들려왔다. 하지만 양파를 까면서 배운 게 하나 있다. 양파를 까고 있으면 눈이 맵고 코가 시큼해 괴로웠다. 물안경도 써 보고, 양파를 물에 담가도 보고, 향초도 켜 보았지만 죄다 소용없었다. 그런데 생양파를 한입 베어 먹는 순간 눈물이 쏙 들어갔다.

양파에는 양파, 눈에는 눈, 이에는 이, 공포에는 공포 영화. 바로 정면 돌파가 해답이었던 것이다. 그렇다면 죽음에는 죽음……. 나는 머리를 세차게 흔들었다. 이건 아니다. 정신을 바짝 차리고 세게 나갈 필요를 느꼈다.

"너 드라마처럼 나 따라다니고 그러는 거 아니지? 나 길거리에서 혼잣말하게 만들고 그러는 거 아니지? 설마 막 학교까지 따라오려고?"

사람들 앞에서 오백 원 때문에 귀신에게 쫓기는 나를 상상하니, 너무 쪽팔렸다. 세아는 대답이 없었다.

"왜 대답 안 해?"

"넌 내가 그렇게 싫어?"

"응. 너 귀신이잖아."

"너는 내가 사람일 때도 싫어했어."

"……."

잠시 말문이 막혔다. 세아를 싫어한 건 아니었다. 단지 붙어 다니고 싶지 않았을 뿐.

"나 귀신 붙은 애라는 소문은 진짜 감당 안 돼. 제발 약속해. 머릿속을 걸레처럼 쥐어짜서라도 꼭 기억해 낼 테니까 따라다니지는 마."

세아는 마지못한 듯 고개를 끄덕였다.

눈앞에서 멀쩡한 세아를 보니 안도감과 함께 좀 시시해졌다. 귀신도 별거 아닌가?

"근데 너 그렇게 혼자 지내지 마."

세아가 갑자기 심각한 표정으로 말했다.

"난 괜찮아."

"정말 괜찮아?"

세아가 되묻자 이상하게 대답이 바로 나오지 않았다. 나 안 괜찮은가? 무언가를 들킨 기분마저 들었다. 그동안 내가 나를 괜찮다고 속여 왔나? 머릿속이 뒤죽박죽이다.

다시 잠들면 이 모든 상황이 없던 일이 될 것 같았다. 이불을 머리끝까지 뒤집어썼다. 눈을 질끈 감았다. 그때 안방 문이 열리는 소리가 났다. 엄마가 일어나 싱크대 앞에서 쌀을 씻는 듯했다. 달그락거리는 소음과 물소리에 잠시 집중하다 이불 밖으로 고개를 내밀어 보았다.

이불을 박차고 일어났다. 나무 스티커가 붙은 벽에 손바닥을 대어 보니 별 느낌 없이 차갑기만 하다. 주변에 금이 간 곳은 없는지 살펴보았다. 분명 여기 있었는데……. 귀를 벽에 바짝 가져다 대었다. 아무 소리도 들리지 않았다. 코를 킁킁대니 이상한 우유 냄새 같은 게 났다. 혹시나 해서 옷장 문을 열어 보았다. 몸을 잔뜩 숙여 책상 밑도 살폈다. 할머니 이불 속도 들추어 봤다. 세아는 보이지 않았다. 나는 알 수 없는 불안감에 계속 방 안을 두리번거렸다.

친구 사절

  학기 초가 지나면 아이들 대부분 무리를 지어 다닌다. 나는 혼자였다. 그리고 세아도 겉돌기는 마찬가지였다. 하지만 친구가 없는 애들끼리 친구가 되는 건 별로라고 생각했다. 내가 외롭고 불편하다는 이유로 누군가와 친해지고 싶지는 않았다.

  세아가 주번이라면 나는 우리 반 유령이다. 반에 나를 뺀 단톡방이 있다. 언젠가 아이들은 한강에서 단합 대회를 한 모양이었다. 나는 초대받지 못했지만 세아는 단톡방에도, 단합 대회에도 초대받았다. 우연히 박지현의 휴대폰 속 사진이 눈에 들어왔다. 사진 속 세아는 무리에서 한 뼘쯤 떨어진 곳에 혼자 서서 어정쩡하게 브이를 해 보였다.

세아는 그런 식으로 내 시야에 잘 들어왔다. 우리는 동선이 자주 겹쳤다. 급식을 빨리 먹으려고 교실에서 빠져나올 때면 꼭 마주쳤다. 하교 때 누구보다 빨리 나가거나 아예 맨 나중에 나오는 쪽을 선택해도 또 마주쳤다. 어쩔 수 없는 일이었다. 그러다 교문 밖으로 빠져나가는 세아를 가까이서 본 적이 있는데, 밝은 표정은 온데간데없고 마치 표백된 것처럼 전혀 다른 얼굴을 하고 있었다.

굳어 있다고 해야 할까? 얼어 있다고 해야 할까? 어쨌든 그런 얼굴을 자세히 관찰하는 건 즐거운 일이 아니다.

어느 날은 나와 세아만 체육관에서 수업을 기다렸다. 나중에 알았는데 다른 애들은 민주 시민 교육을 받으러 강당에 모여 있었다. 화장실에 다녀오느라고 반장의 공지를 듣지 못한 나는 체육관 바닥에 그려진 하얀 선을 밟고 앉아 있었다. 세아는 계속 농구대 주변을 어슬렁거렸다. 둘이 있기에 체육관은 너무 크고 넓어서 서로가 품은 민망함과 부끄러움을 감추기가 어려웠다. 우리는 적당한 거리를 유지하면서 그 시간을 버텼다.

그때 높은 천장이 쩽쩽 울리도록 나는 소리를 지르고 싶었다.

나 여기 있어. 너희들은 어디 있니?

어릴 때부터 누군가와 눈만 마주쳐도 긴장해서 얼굴이 화끈거렸다. 애들의 대화에 자연스럽게 끼고 싶었지만 용기를 내서 다가가도 횡설수설하기만 했다. 내가 먼저 다가가지 않으면 누구도 다가와 주지 않았다. 언제부턴가 친구 사귀는 일을 적당히 체념해 버렸다. 나는 고등학교에 입학할 때도 혼자였다. 하지만 고등학생이니까, 다시 시작하고 싶었다.

교실에서 한 애에게 자꾸만 눈길이 가고 마음이 끌렸다. 그 애의 이름은 윤이서. 자신감 넘치는 말투와 예쁘장한 외모 때문에 나도 모르게 홀리듯 바라보았다. 윤이서는 누구 앞에서든 상냥하게 잘 웃는 아이였다. 반장도 여러 번 하고 학교생활도 적극적이어서 선생님들도 예뻐한다는 소문이 돌았다.

반장 선거 날, 윤이서는 교탁 앞에서 어색한 존칭을 사용하며 반장이 되고 싶다는 연설을 했다. 목소리는 다정하면서도 당당함이 넘쳤다. 나는 초등학교 2학년 때 처음으로 반장 선거에 나갔다. 반장을 하고 싶다는 열망에 손을 번쩍 들었다. 그 순간 아이들은 네가 반장을 하겠다는 거냐는 표정을 지어 보였다. 그날 이후 임원 따위 관심 없는 척했다. 나는 '윤이서' 이름을 정성스럽게 적고 투표지를 반으로 접고 또 접어서 냈다. 투표지를 하나하나 펼칠 때마다 윤이서 이름이 계속 들려왔다.

반장 선거가 지나고 얼마 가지 않아 우연히 학교 밖에서 윤이서와 마주쳤다. 일요일 오전, 이모 집에서 나오던 길이었다. 이모 집은 지하철역 바로 앞에 세워진 초고층 신축 단지로 브랜드 아파트다. 이모네 아파트 앞에 서 있는데 윤이서가 먼저 말을 걸었다.

"너도 여기 사는구나."

"응."

나도 모르게 그렇게 대답해 버렸다. 귀찮은 설명 없이 아주 짧고 명료하게. 그땐 몰랐다. 말 한마디로 모든 게 시작될 줄은.

"응."

윤이서도 단어 하나를 부드럽게 내뱉었다.

우리는 놀이터 쪽으로 걸어갔다. 윤이서의 팔이 내 팔 깊숙이 들어와 부드럽게 감겼다. 우리는 벤치에 앉아 시간 가는 줄 모르고 수다를 떨었다. 학교와 연예인 이야기를 하는데 자꾸만 웃음이 나왔다. 그러다 화제가 동네 이야기로 넘어갔다.

"너 제일 좋은 동에 사는구나."

윤이서는 이 단지의 집값부터 전망까지 다 알았다. 맞장구치다 보니 조금 전까지 진짜로 내 집에서 뒹굴거리다 나온 기분마저 들었다.

"나 너랑 진짜 친해지고 싶었는데."

헤어지려는 순간 이번에도 윤이서가 먼저 말했다. 그건 내가 하려던 고백이었는데……. 얼굴부터 귀까지 빨개진 나를 보며 윤이서가 배를 잡고서 웃었다. 나도 큰 소리로 따라 웃었다.

윤이서와 어울리면서 자연스레 윤이서의 친구들과도 가까워졌다. 카페 이곳저곳을 옮겨 다니며 수다를 이어 갔다. 시험이 끝난 날은 스튜디오에서 우정 사진을 찍었고 웨이팅이 긴 식당에서 밥을 먹으며 또 사진을 남겼다. 그들은 돈 씀씀이가 헤펐고 인스타에 좋아요가 여러 개 눌리면 크게 기뻐했다. 나는 애들의 기분을 망치고 싶지 않았다. 무엇보다 나는 윤이서와 친한데 더 친해지고 싶었다.

윤이서는 자신의 기분이나 속마음을 쉽게 드러내는 법이 없었다. 자리는 오래 지키면서도 꼭 얇은 커튼을 치고 앉아 있는 사람처럼 모두와 적당한 거리를 유지했다. 자신을 살짝 보여 주면서 완전히 드러내지 않는 그런 태도에서는 어떤 우아함이 나왔다. 나는 윤이서와 있을 때면 지나치게 말을 많이 하게 되었다. 민망하고 부끄러웠지만 쉽게 멈춰지지 않았다. 윤이서가 웃기를 바랐고 웃겨야만 할 것 같았다.

어릴 적부터 나는 상습적으로 배가 아프다고 엄마를 속였고 글자를 모르는 동생들에게 책을 읽어 주다 주인공이 죽었다고 꾸며 냈다. 거짓말을 할수록 나도 모르게 들떠서 어디론가 가볍게 흘러가는 기분이 들었다. 나쁜 습관이라는 걸 알면서도 그랬다. 이모 집을 내 집이라 했던 것처럼, 나는 태도를 바꿨다. 엄마의 허름한 식당을 셰프가 운영하는 레스토랑인 양 떠들어 대자 애들이 눈을 반짝이며 나에게 집중했다. "엄마는 성공하려고 나를 이모 집에 버렸어." 엄마는 세상에서 제일 나쁜 여자가 되었고 나는 한때 구박받으며 자란 불쌍한 아이가 되었다. 내가 받은 상처에 비하면 돈은 아무 의미도 없다고 한숨까지 내쉬었다.

이야기가 구체적으로 만들어질수록 누구보다 내가 먼저 속았다. 그러다 엄마 식당에서 돈까지 훔쳤다. 집에서는 할머니 옷장을 자주 뒤졌고 아빠 지갑에도 손을 댔다. 동생들 돼지 저금통에서도 돈을 빼냈다. 늘 뭔가가 부족하고 모자랐다.

나는 최대한 고심해서 윤이서의 생일 선물을 준비했다. 윤

이서가 좋아하는 아이돌 앨범이었다. '우리의 최애를 위해.'
나는 정성스레 편지도 썼다. 사실 그 아이돌은 나의 최애가
아니었다. 쓰는 동안은 나를 속이는 기분마저 들었지만 다
쓰고 나니 윤이서만큼 그 아이돌이 좋아졌다. 그러나 선물을
받은 윤이서의 반응은 뜻밖이었다.

"이건 진심 실망이다."

처음에는 편지 내용을 문제 삼는 줄 알았다.

윤이서는 내게 무엇을 받고 싶었던 걸까? 무엇을 주었다
면 나를 하찮게 보지 않았을까? 그때부터 은근한 따돌림이
시작되었고, 나는 불안과 혼란에 빠졌다. 실망을 기대로 바
꾸려면 엄마 카드가 절실했다. 관계를 회복하고 싶었다. 다
시 혼자가 되는 일이 두려웠다.

백구십육만 원을 다 써 버리고 난 뒤 얼마 지나서였다.

"홍미주가 미주홍 미닫이문을 열고 나오더라."

애들이 나를 앞장세웠다. 나는 차마 아이들을 식당으로
데려갈 수 없었다. 가족들이 알면 더 창피했다. 나는 초등학
교 후문 담벼락 아래에 멈춰 섰다.

"미안해."

하지만 누구도 내 사과를 받아 주지 않았다.

"친구가 되고 싶었어."

나는 울면서 말했다. 다들 나를 향해 눈살을 찌푸렸다.

"어엉, 친구가 되고 싶었어엉."

과장된 목소리로 내 말투를 흉내 냈다. 배신자, 거짓말쟁이라며 내 어깨와 머리를 툭툭 쳤다. 모두가 내 마음을 비웃음거리로 삼는 동안 나는 윤이서가 내 편이 되어 줄지도 모른다는 마지막 기대를 품었다.

"네가 나한테 상처를 준 거야. 알아?"

윤이서의 목소리가 떨려 나왔다. 나도 모르게 고개를 끄덕였다.

아이들은 울먹이는 윤이서를 위로했다. 그러나 그날 나는 얇은 커튼이 젖힌 윤이서의 민낯을 보았다. 상처받은 척 슬퍼하는 눈빛과 동시에 즐거워하는 입꼬리를. 윤이서가 돌아섰다. 멀어지는 걸음걸이를 지켜보는데 더는 특별해 보이지 않았다. 우아함이 아니라 그저 지루함이었구나. 단지 그뿐이라는 것을 알게 되었을 때 나는 안도했다.

그렇지만 복도에서 교실에서 운동장에서 급식실에서 그애들을 만날까 봐 나는 실내화 발끝과 교실 바닥에만 시선을 두고 다녔다. 화장실에 자주 가지 않으려고 가능한 한 물도 마시지 않았다. 교실을 벗어나면 마음이 조급해졌다. 복도를 걸을 때면 가장자리 벽과 기둥을 따라 최대한 몸을 밀착시키고 눈을 내리깔고 빠르게 걸었다. 눈에 띄지 않고 누구와도 마주치지 않기 위해서였다. 윤이서 무리는 복도 중앙에 자주 모여 있었다. 운동장 한가운데에서도 웃음소리가 울려 퍼졌다. 그럴수록 나는 내 자리에 붙박이듯 앉아 시야를 좁혔다. 하루 대부분을 엎드려 지냈다.

외롭게 1학년 겨울을 보내고 2학년이 된 첫날이었다.

"어떻게 하면 그런 거짓말쟁이 낙인이 딱 찍히니?"

어떤 애가 알은척했다. 내 시선은 최대한 구석을 찾아 헤맸다. 상황이 좋아질 거라는 기대를 완전히 버릴 수 있었다.

그날 이후 나는 최대한 나를 드러내지 않는 기술을 연습했다. 무리에 속하기 위해 무리해서 애쓰는 대신 유령이 되어 고요함 속에 묻혀 지냈다. 투명 인간처럼 있으니 아무도 나를 건드리지 않았다. 무엇이든 신경 쓸 일이 없어 편했다. 가끔은, 바라보는 즐거움이라고 할까? 교실 사이사이를 돌아다니며 애들의 대화와 몸짓을 거리를 두고 관찰할 수 있었다. 내가 침묵하면 주변 소리가 더 명확하게 들려왔다.

여름이 여느 때보다 더 일찍 찾아온 것 같았다. 세아 자리는 여전히 비어 있고 계절이 바뀌었다는 것 외에는 달라진 게 없었다. 내가 귀신이 된 세아를 만났다는 것만 빼고. 세아가 나타난 뒤에 부적을 다운받아 휴대폰 배경 화면으로 설정했다. 십자가를 그리고 오려 책상에 붙였다. 구글링해 보니 체를 두면 귀신이 체 구멍을 세느라 가까이 오지 못한다고 해서 침대 머리맡에 체도 걸어 두었다. 팥을 흩뿌려 놓으라는 글귀를 보고 주방을 샅샅이 뒤졌는데 결국 찾지 못했다. 그래도 무언가 효험이 있었나? 세아는 다시 나타나지 않았다.

종례 시간에 담임은 대학에 관한 잔소리를 잔뜩 늘어놓았다. 아이들 대부분 시선을 피하고 딴짓을 했다. 담임은 교실을 나가기 전 대청소를 지시하고는 반장에게 세아 자리도 그만 정리하라고 일렀다. 흰 국화는 누렇게 변해 축 늘어져 있었다. 그사이 세아의 장례식은 조문객을 받지 않고 조용히 치러졌다. 김세정도 다시 학교에 나왔다.

담임이 나가고 국화꽃 바구니는 그대로 쓰레기통에 버려졌다. 누군가가 엽서와 과자는 김세정에게 전해 주자고 했지만 누가 전해 줄 것인지를 놓고는 아무도 대답이 없었다. 한 남자애가 과자는 자기가 먹겠다고 나섰다. 반장이 휙 던져 주었다. 주변 애들 몇이 덤벼들자 순식간에 과자가 사라졌다. 오늘부터 세아 자리는 그냥 빈 책상이 되었다.

나는 청소함에서 빗자루를 꺼냈다. 아이들이 모여 싫어하는 연예인 이야기에 열을 올렸다. 과장된 웃음소리가 시끄러웠다. 무리를 지은 목소리에서는 두려움 따위 느껴지지 않았다. "근데 말이야." 누군가 분위기를 잡고 말했다. "김세정은 괜찮은 거야?" 이후 애들은 쌍둥이는 한쪽을 잃으면 다른 쪽도 오래 살지 못한다고 이야기하다 금세 아무리 쌍둥이여도 전혀 다른 삶을 살아간다며 시답잖게 떠들었다. 빗자루로 애들 주변을 쓸고 있는데, 박지현이 다가와 내 어깨를 톡톡 두드렸다.

"담임이 너 교무실로 오래."

이번 주는 상담 주간이다. 나는 빠른 걸음으로 복도를 지나 교무실로 갔다.

"공부는 열심히 하고 있니?"

담임 말에 나는 고개를 끄덕였다. 담임은 내 중간고사 성적표를 지그시 내려다보더니 말했다.

"공부를 아예 안 한 건 아닌데 그렇다고 열심히 한 건 아니다. 맞지?"

뭐가 맞다는 거지? 나 공부 못하는 거 맞냐고 묻는 걸까?

"살면서 최소한 성적이 미주 발목은 잡지 말아야지. 그래서 선생님이 이렇게 열심히 상담도 하는 거고."

"네."

"그런데 지금 이대로면 서울에 있는 대학은 힘들어. 가고 싶은 과는 있니?"

"아직 없는데요."

"그래서 말인데 너를 위해 진로 상담 선생님에게 내가 직접 말해 뒀다. 십 주 동안 진행되는 프로그램이야. 외부 강사님이 오셔서 미주가 꿈을 찾게 도와주실 거고. 학교에서 신경 많이 썼어. 들을 거지?"

"꿈이 없으면 상담받아야 해요?"

담임의 눈이 휘둥그레졌다. 잠시 허공을 보더니 말했다.

"미주야. 사람은 꿈이 있어야 해."

"꿈 있어요."

"뭐 하고 싶은데?"

"돈 벌고 싶어요."

"그러니까 뭐를 해서 벌 건데?"

담임이 묘한 웃음을 짓자 그만 말문이 막혔다. 근데 이걸 상담이라고 할 수 있을까? 담임 말이 틀린 건 아니지만 질문 대부분은 유도신문이었다. 미리 함정을 파 놓았다. 나를 거기에 보기 좋게 빠지게 하고 거봐라, 하면서 훈계를 늘어놓을 심산이었다. 피로감이 몰려왔다.

"졸리니?"

"어제 잠을 못 잤어요."

"왜?"

"할머니가 아프세요."

담임은 한숨을 내쉬더니 그만 가 보라고 했다. 교무실을 나가려는데 담임이 큰 소리로 말했다.

"홍미주! 가슴 좀 펴고 다녀라."

신청서를 가지고 자리로 돌아오자 박지현이 혀를 찼다.

"우짜냐. 그거 소문에 딩동댕 유치원이라던데. 담임한테 대충 말하지 그랬어. 의사라도 하겠다고."

가슴속에 성냥불을 그어 댄 듯이 얼굴이 확 달아올랐다. 이여울이 곁에 없을 때만 다가오는 박지현도 마음에 안 들고, 애들이 피하는 인기 없는 프로그램에 나를 밀어 넣은 담임도 싫었다.

세상은 나를 그냥 그대로 존재하게끔 내버려 두질 않았다. 학교에 다니지만 공부는 열심히 안 할 수 있다. 반에 애들은 많지만 친구는 없을 수 있다. 돈은 벌고 싶지만 계획은 없을 수 있다. 나는 누구에게도 피해 주지 않으며 최대한 조용히 살고 싶을 뿐이다.

그런데 어른들은 나를 어떤 기준에 집어넣어야만 직성이 풀리는 걸까? 작년 담임은 개인 상담 때 혼자 있으면 언제 가장 외롭냐고 물었다. 정말이지 이상한 질문이었다. 나보고 특별히 외로운 순간을 찾아내라니. 나는 그냥 외로움과 함께 지내고 있다. 계속 외로우면 그건 특별한 게 아니다. 그날은 대답하기 싫어서 입을 꾹 다물어 버렸다.

나는 신청서에 내 이름을 꾹꾹 눌러썼다.

"홍미주."

주소를 쓰고 있는데 박지현이 나를 불렀다.

"왜?"

나도 모르게 목소리가 퉁명스레 튀어나왔다.

"김세정도 그거 듣는다더라."

"그래서 하고 싶은 말이 뭐야?"

"그냥 알려 준 거야."

나는 자리에서 벌떡 일어났다. 딱히 갈 곳은 없어 교실 뒤 사물함에서 무언가를 오래 꺼내는 척했다.

돌고 돌아

2교시 체육 시간에 남는 짝을 찾지 못해 나는 남자애와 배드민턴을 쳤다. 3교시 영어 수행은 조별로 이루어졌고 박지현은 순전히 선생님에게 잘 보이려고 나를 끼워 주었다. 4교시에는 자리를 바꿨는데 박지현과 또 짝이 되었다. 우리는 허탈한 표정으로 잠시 서로를 보았다. 이여울은 내 뒷자리였다. 급식 때는 설레임이 나와 전교생이 크게 기뻐했다. 오후 수업은 내내 졸음을 참기 어려웠다. 샤프심을 부러뜨려 가면서 견뎠다.

학교가 끝나고 단어 재시험을 보러 곧장 영어 학원으로 갔다. 외우지 못한 단어들. 외워지지 않는 단어들. 특히

lingering(미련이 있는 듯한)은 계속 틀렸다. 영원히 모르는 단어로 남겨 두려다가 집에 가기 위해 결국 외웠다. 밤 열 시가되어 학원에서 나왔다.

집에 오니 동생들 방이 조용했다. 일찍 잠자리에 든 모양이었다. 안방에서 텔레비전 소리가 들려왔다. 조심스레 내방문을 열었다가 그대로 다시 닫았다. 오 주여, 하느님 아버지……. 생각나는 대로 주기도문을 중얼거렸다. 잠시 심호흡을 하고 다시 열었다. 상황은 달라지지 않았다.

할머니랑 세아가 화투를 치고 있었다. 나는 닫힌 방문 앞에 서서 주먹으로 눈을 비볐다. 아무리 비벼 봐도 세아와 할머니가 마주 보고 앉아 한껏 열중한 채로 패를 골랐다.

"할머니, 애 보여? 너, 지금 뭐 해?"

나는 동시에 둘에게 묻다시피 했다.

"말 걸지 마. 할머니랑 내기했어."

"너 미쳤냐? 이상한 내기 한 거면 너 진짜 죽어."

"나 죽었는데."

"야! 나 장난 아니거든."

"열 판 쳐서 진 사람이 이긴 사람 소원 들어주기로 했어."

"그러니까 무슨 소원? 너 빨리 말해."

"내가 이기면 할머니 머리 염색해야 해. 파란 머리로."

"너 미쳤냐?"

"검은색보다 잘 어울릴 것 같은데. 암튼 지금 나 피박이야, 말 시키지 마!"

"할머니! 정신 차려."

할머니는 집중해서 자신의 패를 바라보았다. 이어 딱 소리가 나게 내려놓았다.

"아이고야, 난초를 먹어 부렀네."

나는 둘 사이에 앉았다. 진정이 되지 않았다. 가방에서 생수병을 꺼내 단숨에 마셨다. 할머니는 어느 때보다 흥에 겨워 보였다. 난초 패를 무릎 가까이에 놓으며 어깨를 들썩거렸다. 세아는 패를 내밀며 허밍으로 노래를 불렀다. 세아의 노랫소리는 다정하면서도 묘하게 구슬펐다. 듣고 있는데 갑자기 졸음이 쏟아졌다. 나는 침대에 몸을 던지듯 누웠다. 왜 이렇게 졸리지? 배를 깔고 엎드렸다. 할머니가 고, 하고 외치자 나도 모르게 입꼬리가 슬쩍 올라갔다. 잠시 후 천천히 몸이 가라앉았고 까무룩 잠이 들었다.

눈을 번쩍 떴다. 화들짝 놀라 할머니를 찾았다. 할머니는 거실에서 화투 점을 치고 있었다. 엄마는 아침을 준비 중이고 동생들 방문은 닫혀 있었다. 아빠가 안방 문을 열고 나와 곧장 현관으로 향했다. 신발을 신고 있는 아빠에게 할머니가 소리쳤다.

"오늘 갑자기 단체 손님이 들이닥칠 거니께 단단히 준비해 둬."

아빠는 말없이 고개만 끄덕였다. 조금도 믿는 기색이 아니었다.

나는 씻으러 화장실로 갔다. 키 큰 해바라기 샤워기가 목을 꺾어 나를 노려보는 것 같았다. 깜짝이야. 별것 아닌 것도 다 이상해 보였다. 더운물을 조심스럽게 틀었다. 따뜻한 물이 내 어깨를 적셨다. 어젯밤 세아는 노래 끝에 물었다, 기억났냐고. 마치 사채업자가 삼 주나 시간을 줬으니 이제 장기라도 팔라고 하는 것처럼 들려 덜컥 겁이 났다. 진짜 내가 오백 원을 빌린 기억을 떠올려야만 이 상황이 끝나는 건가. 그깟 푼돈 때문에 귀신과 엮인다고?

바닥부터 수증기가 차올랐다. 내 몸이 점점 흐릿해졌다. 내가 심연으로 사라지는 기분이 들었다. 침착하게 정리해 보자. 그래, 삶이 있으면 죽음도 있겠지. 인간이 있으면 동물도 있고 사람이 있으면 귀신도 있는 거지. 따져 보면 나만 해치지 않으면 괜찮은 거 아닌가. 세아는 하나도 안 무섭잖아. 모르는 귀신보다는 그래도 아는 귀신이 나은 거야. 겁내지 말고 정신 차리자. 이번에는 레버를 돌려 아주 차가운 물을 틀었다. 물줄기가 차가운 비처럼 나를 때렸다.

씻고 방으로 돌아왔다. 교복을 찾는데, 보이지 않았다. 분명 옷장 아니면 의자에 걸려 있어야 할 옷이 어디에도 없었다. 귀신이 곡할 노릇이었다. 평소보다 샤워를 오래 해서 당장 서둘지 않으면 지각이다. 허둥대며 옷장을 뒤지는데 등 뒤에서 목소리가 들려왔다.

"내가 찾아 줄까? 내가 찾아 줄게."

세아가 두 눈을 깜박거렸다.

"아침부터 진짜 이럴 거야?"

"싫음 말고!"

"너 원래 이런 애였어?"

"나는 학교 안 가도 되는데. 오늘은 콘서트장이나 가 볼까? 바다는 사람 많겠지?"

내 책상 앞에 앉은 세아는 지우개랑 연필을 계속 만지작거렸다.

"알았으니까 빨리 찾아 줘."

"이불 속을 봐 봐."

이불을 들추자 반듯하게 다린 교복이 곱게 놓여 있었다. 나는 잽싸게 교복을 입었다.

"고맙다고 안 해?"

세아가 입을 샐쭉하게 내밀며 말했다. 나는 살구색 스타킹을 신으며 됐거든, 했다. 방을 나가려는데 종아리 뒷부분이 간지러웠다. 돌아보니 스타킹에 오백 원만 한 크기로 구멍이 뚫려 있었다. 악, 하고 비명을 지르며 세아를 찾았지만 그새 사라지고 없었다. 으, 유치해! 나는 아랫입술을 꽉 깨물며 신음을 토해 냈다. 몸에서 빠져나온 스타킹은 형체를 그대로 유지한 채 바닥에 널브러졌다. 나는 도망치듯 방을 나와 학교로 향했다.

문방구 앞에서 한 아이가 뽑기 기계를 두 팔로 껴안고 있었다.

"왜 그러고 있니?"

"누가 이거 가져갈까 봐요."

자신이 좋아하는 캐릭터가 기계 안에 있다며 울먹거렸다.

"이걸로 해 봐."

나는 교복 주머니에서 오백 원을 한 개 꺼내어 줬다. 혹시나 해서 몇 개 챙겨 왔다. 만약 퇴치할 수 없다면 기억해 내는 것도 방법이니까.

우아! 오백 원을 받아 쥔 아이가 소리쳤다. 그래, 평소의 나라면 어림도 없지. 하지만 귀신을 만난 만큼 앞으로는 좀

착하게 살 필요가 있다. 운 좋게 오백 원을 빌린 기억이 번쩍 떠오를 수도 있고.

"누나 최고예요."

오백 원으로 듣기에는 후한 칭찬이 돌아왔다.

"빨랑 해 봐."

"잠깐만요."

아이가 두 손을 모아 기도를 올리기 시작했다.

"너 하느님 믿니?"

"아니요."

"그럼 누구한테 기도해?"

"기계에요."

드디어 아이가 은빛 레버를 돌렸다. 기계가 꾸룩꾸룩 소리를 내더니 캡슐을 툭, 뱉어 냈다. 나는 그만 침을 꼴깍 삼켰다. 아이가 자신의 손안에 있는 것을 확인했다. 일순간 환한 표정으로 바뀌었다. 덩달아 나도 흥분했다.

"이거 좋은 거야?"

"당연하죠. 진짜 쎈 놈이에요."

캐릭터에 대해 더 듣고 싶었는데 친구를 발견한 아이는 저만치 뛰어가 버렸다.

나는 천천히 걸으면서 다시 오백 원 생각에 빠졌다. 어디서 빌렸더라? 왜 빌렸을까? 주머니에 손을 넣자 오백 원짜리 동전들이 짤랑거렸다. 오백 원이 있으면 코인노래방에서 노래 한 곡을 부를 수 있다. 치킨집에서 소스를 하나 더 살 수 있다. 카페에서 초코 시럽 추가도 가능하다. 운 좋으면 헌책이나 컵 떡볶이도 살 수 있다. 오백 원으로 할 수 있는 것들이 계속 떠올랐다. 더 있겠지만 이런 일들을 세아랑 한 적은 없었다.

교실로 곧장 가려다 복도 끝에 있는 자판기 앞으로 갔다. 초코파이를 뽑으려고 투입구에 오백 원을 넣었다. 그리고 하나를 더 뽑았다.

"먹을래?"

박지현의 표정은 뭐랄까, 의심 가득한 얼굴이었다.

"고마워."

마지못한 듯 받아 갔다.

쉬는 시간에 박지현이 내 앞에 새콤달콤을 내밀었다.

"내가 받으면 꼭 갚는 성격이라서."

나는 고개를 끄덕였다. 그런데 내 취향은 마이쮸다. 꼭 따지려는 건 아니지만 마이쮸가 더 비싸고 새콤달콤은 오백 원이다. 오백 원만 있는 애들이 캐러멜을 씹고 싶을 때 먹는 게 새콤달콤이다. 어쨌든 노란 비닐을 벗기고 입 안에 넣었다. 오랜만에 먹으니 새콤한 맛이 나름 좋았다.

수업 시간 내내 오백 원을 책상에 올려 두고서 계속 노려보았다. 세아 때문에 수업에 집중이 안 되었다. 생각만으로도 심장 박동이 불안스레 빨라졌다가 한순간 확 작아지고 느려지는 듯했다. 기억도 나지 않는 돈을 갚아야 한다는 것도 억울하고, 빌렸으면 갚아야 하는데 그게 또 돈으로는 안 된다니 기가 찰 노릇이었다. 눈알이 빠지도록 보았더니 학이 동전에서 빠져나와 날아오를 기세였다.

오백 원을 만지작거리며 급식실로 향했다. 구석에 앉았는데 하필이면 빈 앞자리로 김세정이 다가오는 게 보였다. 나는 얼른 고개를 숙이고 빨간 양념이 묻은 닭볶음탕에서 감자와 양파만 골라냈다. 조용히 밥을 먹고 있는데 자꾸만 쌕쌕거리는 거친 숨소리가 들려왔다.

자는 줄 알고 봤더니 먹고 있었다. 평소에도 저렇게 크게 숨을 쉬나? 숨소리도 덩치에 비례하나? 아니면 비염에 걸려 코가 막혀서 호흡이 곤란한가? 밥을 먹는 내내 김세정은 쌕쌕거렸다.

나도 모르게 자꾸만 남의 숨소리에 집중했다. 김세정은 그런 나를 전혀 의식하지 않고 오직 먹기만 했다. 순식간에 눈앞에서 닭고기가 사라지고 감자가 사라지고 밥과 김치가 사라졌다. 먹는 게 아니라 흡입 중이다. 저렇게 와구와구 먹어도 소화가 될까? 속도라는 걸 무시하고 먹는 김세정이 신기해서 대놓고 쳐다보았다.

"우리 다음 체육이지?"

김세정은 음식을 한가득 물고서 옆 아이에게 소리쳤다.

"먹고 말해. 침 다 튀기잖아."

"또 단체 줄넘기하려나. 아, 지난번에 운동화에 돌멩이가 들어가 있어서 죽는 줄 알았잖아. 나 때문에 줄 계속 걸리고, 기억나지? 돌멩이 완전 쪼그마한 거였는데 발꼬락이 엄청 간지럽더라. 아, 그래그래 오늘은 운동화부터 털어야지."

옆 아이는 대답이 없었다. 그 옆도 마찬가지였다. 침묵 속에서 쌕쌕거리는 숨소리만 지나치게 크게 들려왔다.

나는 식판을 들고 자리에서 일어났다. 도무지 입맛이 나지 않았다. 음식을 거의 다 남겼다. 단체 줄넘기라니. 정말 또라이 아닐까? 지금 그게 가장 큰 걱정거리라는 말이지.

학교에서는 김세정을 두고 여러 소문이 돌았다. 사고가 났던 아침에 둘이 싸우는 걸 목격한 애들이 꽤 있었다. 누군가는 그 사고 현장에서 김세정이 6차선 도로를 폭주하듯 뛰어다니는 걸 봤다고 했다. 누구는 김세정이 바닥에 누워 어린아이처럼 울었다고 했다. 상황이 전혀 다른 이야기가 퍼져 나갔다. 예전부터 관종으로 통했던 김세정이 요즘 들어 기행을 일삼으니 아이들의 수군거림도 더 심해졌다.

반으로 돌아가는 길에 몇몇이 복도 창가에 매미처럼 붙어 있는 게 보였다. 나도 아이들 틈에 끼어 섰다. 언제 반으로 갔는지 김세정이 책상에 자기 머리를 쾅쾅 찍어 대고 있었다. 한 번, 두 번, 세 번.

"왜 저래?"

"뭔 노래 때문에 계속 저러고 있대."

"노래가 왜?"

"뒷 가사가 생각 안 난다고."

"사고로 이렇게 된 거 아니야?"

한 아이가 자기 머리 가까이에다 손가락 하나를 빙빙 돌렸다. 아이들이 흩어지길래 나도 얼른 자리를 떠났다.

예전에는 자리에서 이여울이 뒤돌아 이야기를 나누더니 이제는 박지현이 뒤돌아 앉아 있었다.

"근데 무슨 노래래?"

이여울이 묻자 박지현이 아 그 옛날 노래 있잖아, 하며 '가벼운 바람이 불어오면 너와 함께 걷는 상상을 해'로 시작하는 노래를 불렀다. 어젯밤 세아가 부르던 바로 그 노래였다. 이여울은 모르겠다며 고개를 저었다.

"너 누가 죽은 거 본 적 있어?"

박지현은 금방이라도 울 것 같은 표정으로 답했다.

"작년에 우리 쫑이 죽었잖아. 나 그때 밥도 못 먹었어."

"근데 김세정은 좀 안 슬퍼 보이지 않아?"

"6반 애들 말도 못 하고 괴롭대. 쌤들도 절대 안 혼낸대. 어쩌겠어, 그냥 관심 꺼. 쫑이 사진 볼래?"

박지현과 이여울은 더 가까이 붙어 앉아 쫑이를 보았다.

수업이 시작되자 배에서 꼬르륵 소리가 났다. 나는 옆에서 필기 중인 박지현을 의식했다. 박지현은 프린트물에 가득한 빈칸을 하나씩 채워 넣었다. 아까 박지현은 쫑이가 죽은 뒤에 매일 기도했더니 꿈에서 만났다고 이여울에게 말했다. 감동에 북받친 표정으로. 혹시 세아가 귀신이 되어 나를 찾아왔다고 말하면 믿을까? 여럿은 아니어도 좋으니 제발 한 사람만이라도 내 말을 믿어 주면 좋겠다. 박지현이 필기를 하다 말고 나를 빤히 쳐다보았다.

관두자.

창밖으로 고개를 돌리니 6반 아이들이 운동장에서 단체 줄넘기를 하고 있었다. 줄 안에서 여덟 명이 동시에 폴짝 뛰어 올랐다. 회오리치듯 모래바람이 일었다. 김세정은 체육 시간이니까 줄넘기를 하고 나는 영어 시간이니까 단어를 적

는다. 달리 뭘 할 수 있지?

갑자기 학교가 유리로 만들어진 어항 같았다. 어항에서 할 수 있는 일이란 그저 계속 헤엄을 치는 거다. 안이 다 보이는 어항에 숨을 곳은 없다. 그러니 김세정도 자기 일을 하는 수밖에. 줄에 걸리지 않기를 바라며 보고 있는데 선생님이 내 이름을 불렀다.

"미주 다 했니?"

아니요, 나는 붕어처럼 입만 뻐끔거렸다.

오늘은 진로 수업 첫날이다. 종례가 끝나자 아이들은 각자의 동아리 반으로 뿔뿔이 흩어졌다. 나도 서둘러 가방을 메고 1층 도서실로 향했다. 그러나 도서실로 바로 가지 않고 화장실에 들렀다. 도서실 입구에서 윤이서 무리가 수다를 떨고 있었기 때문이다. 화장실 옆 정수기로 가서 텀블러에 물을 가득 받았다. 정수기와 한 몸인 양 최대한 몸을 밀착시켰다. 다행히 그 애들은 낄낄거리며 떠드느라 나를 보지 못했다.

겨우 도서실에 도착했는데 탁 트인 분위기에 당황했다. 구석은 찾아볼 수 없고 중앙에 긴 탁자만 있었다. 어디에 앉아야 할지 몰라 머뭇대다 입구에서 가장 먼 자리로 가 앉았다. 누가 올지 알 수 없어 스멀스멀 불안감이 올라왔다.

"같이 앉자."

박지현이다. 놀라서 빤히 쳐다보았다. 박지현의 눈길은 한 남자애를 향해 꽂혀 있었다. 박지현은 공부도 잘하고 발표 할 때는 자신감도 넘쳤는데 눈깔은 삔 것 같았다. 남자애는 이쪽으로 눈길조차 주지 않았다.

"나 마인드맵 그리는 거 좋아해."

박지현은 양쪽 볼을 두 손으로 감싸 쥐며 묻지도 않은 말을 했다. 그때 요란하게 문이 열리더니 김세정이 나타났다. 내 쪽으로 걸어왔다. 바로 맞은편에 가방을 던지듯 내려놓고는 의자를 뒤로 쭉 뺐다. 김세정은 한쪽 다리를 덜덜 떨어 댔다. 나는 고개를 들어 김세정을 노려보았다. 본인도 책상의 진동을 의식했는지 잠시 멈추다가 다시 떨기 시작했다.

선생님은 통통한 체격에 인상 좋은 아줌마로 보였다. 음성은 살짝 하이 톤이고 말투는 상냥했다. 선생님은 자신에 대해 아는 게 가장 중요하다는 말로 수업을 시작했다. 자신을 아는 일처럼 흥미진진한 탐험은 없다나. 자료 화면을 보여 주며 열중해서 설명하는데 김세정이 풋, 하고 짧게 웃었다. 일순간 애들의 시선이 그쪽으로 모였다. 선생님은 김세정을 유심히 바라보더니 이내 표정을 바꾸고 활짝 웃었다.

"우리 오늘 쓸데없는 소리나 하다가 집에 갈까?"

"와우 쌤, 신박한데요."

박지현이 애교 있게 응수했다. 나도 살짝 잠이 오려던 참이었다.

"근데 쓸데없는 소리가 뭐예요?"

"지금 자신이 가장 원하는 걸 하나씩 말하는 거야. 어떤 기대를 걸고 말하는 게 아니라 그냥 생각나는 대로."

"쌤, 여기서 그런 고백 하면 멍청이 인증하는 거예요."

박지현이 투정 부리듯 말했다.

"그러니까 쓸데없는 소리지. 용기 있는 나부터 할게. 나는 지금 수업하기 싫다."

"브라보!"

김세정이 외쳤다.

"이제 너희들은 나한테 왜? 하고 물어보는 거야. 절대 다른 말은 하지 않는 게 원칙이야."

아이들이 동시에 왜? 하고 외쳤다.

"내 수업 듣고 진짜 진로 찾을 수 있겠어?"

아이들이 손뼉 치며 좋아했다.

"난 남친 사귀고 싶어."

박지현 말에 아이들이 왜냐고 물었다.

"특별한 나만의 친구를 갖고 싶으니까."

박지현은 이여울과 있을 때와는 전혀 다른 수줍은 얼굴로 고백했다. 내 차례가 되었다.

"난 돈 벌고 싶어."

"왜?"

"막 써 버리고 싶어서."

아무도 웃지 않아서 좋았다.

유명해지고 싶다는 애, 성적을 올리고 싶다는 애, 게임만 하고 싶다는 애, 잠만 자고 싶다는 애가 있었다. 마지막은 김세정 차례였다.

"오래 살기요."

일순간 모두의 표정이 굳었다. 왜라는 말이 바로 이어지지 못했다. 선생님 혼자 나지막이 물었다.

"약속했어요."

김세정의 눈동자가 불안스레 흔들렸다. 그때 번개가 내리쳤다. 모두 놀란 눈으로 창밖을 보았다. 맑던 하늘이 갑자기 어둑어둑해지더니 금방이라도 비가 쏟아 내릴 것 같았다.

수업은 조금 늦게 끝났다. 하지만 아이들은 뜻밖에도 재미있는 수업을 만났다는 듯 밝은 표정으로 가방을 챙겼다. 박지현은 남자애를 따라 잽싸게 뛰쳐나갔다. 나는 맨 마지막으로 나가기 위해 늦장을 부렸다. 긴 복도를 걸어 나와 현관에 우뚝 섰다. 예상대로 비가 오고 있었다.

집까지 뛰어갈 생각을 하니 귀찮았다. 그렇다고 학교에 남아 있기는 더 싫었다. 뒤돌아보니 우산꽂이에 우산이 여러 개 남아 있었다. 언젠가 쇼핑센터에서 우산을 도둑맞은 기억이 났다. 매장 입구 우산꽂이에 넣어 두었는데 특별하지도 않은 내 우산만 보이지 않았다. 할 수 없이 비를 맞고 집으로 돌아갔다. 지금도 비만 오면 그때 생각이 난다.

저기에 있는 많은 우산 중 하나가 그때 잃어버린 우산이라면? 나는 사람들이 비를 맞지 않으려고 계속해서 다른 사람의 우산을 차례차례로 집어 드는 상상을 했다. 그러자 세상이 조금 무섭기도 하고 우습게도 느껴졌다. 상상만으로도 신이 나서 나도 모르게 절로 허밍이 나왔다.

"너도 그 노래 좋아하냐?"

뒤에서 김세정이 다가왔다. 나도 모르게 지난밤 세아가 부르던 노래를 따라 하고 있었다.

"그냥 불렀어."

나는 대수롭지 않다는 투로 대답했다.

"이거 쓸래?"

김세정이 들고 있던 우산을 불쑥 내밀었다. 노래 때문인가? 나는 잠시 갈등했다. 마지못해 손을 뻗어 우산을 받았다. 작고 가벼웠다. 저만치 가던 김세정이 돌아서서 이쪽을 향해 큰 소리로 외쳤다.

"근데 그거 훔친 거다!"

"야!"

"저기 봐 봐. 우산 많아."

"그래도 우산 주인은 있을 거 아냐?"

나도 덩달아 소리를 꽥 질렀다.

"돌아가면서 쓰라 그래."

"야!"

나는 망설이다 하늘 높이 비닐우산을 펼쳤다. 그래, 쓰고 갔다 놓지 뭐.

김세정은 우산도 없이 운동장을 지나갔다. 누구도 의식하지 않은 채 어슬렁거리며 느릿느릿하게 걸어가고 있었다.

처음부터 너였어

"똥이요! 이거 묵고 투 고다, 투 고."

이제 할머니는 내가 와도 힐끗 쳐다볼 뿐이다. 예전부터 혼자 끊임없이 중얼거리며 화투를 쳤는데 소중한 말동무를 만나더니 말이 더 많아졌다. 할머니는 치매 판정을 받은 뒤로 특유의 쾌활함을 잊고 의기소침했는데 요즘은 어딘가 기운이 넘쳐 보였다. 아무것도 모르는 엄마는 마냥 좋아했다. 식당에 손님이 많이 올 거라는 운세를 맞힌 날 이후로는 아빠의 태도도 조금 달라졌다. 오늘은 깐풍기가 많이 나갈 거라는 점괘에 그래요? 하며 맞장구쳐 주었다. 상황이 묘하게 돌아갔다.

뭔가 이상하지 않나? 세아가 찾아온 지 꽤 지났는데 그동안 한 일이라곤 죽치고 앉아 할머니랑 화투를 치는 것뿐이었다. 둘 다 내기에 사족을 못 써서 이번에는 이길까, 하는 기대감으로 버티고 앉아 시끄럽게 굴기만 했다. 여기가 노름판도 아닌데! 나는 매일 밤마다 괴로워하며 화를 내다 먼저 잠들어 버리기 일쑤였다. 옆집에서 놀러 온 아이도 아니고 저세상에서 온 아이가 화투에 빠져 있는 모습이라니.

어느 날은 걱정도 되었다. 영화에서 보면 노름 때문에 가정이 패가망신하고 그러던데. 타짜가 되려고 목숨을 건 주인공도 있고. 내가 나서서 둘이 정신을 차리게 도와야 하나 싶다가도 혼자만 심각한 것 같아 관뒀다. 그러나 오늘은 반드시 밝혀내야만 했다. 이 이상한 상황에 엄청난 계략이나 음모가 숨어 있을지 몰랐다. 졸린 눈꺼풀을 부릅뜨고서 할머니가 먼저 잠들기만을 기다렸다.

"나가 일곱 살 땐가, 물을 길어 오려고 우물에 갔다가 그만 풍덩 빠져 버렸당게."

"그래서요?"

세아가 놀라서 물었다.

"두레박을 안고서 하늘을 쳐다보며 내내 걱정했제."

"죽을까 봐요?"

"아니. 닭 모이 줘야 하는디 내가 못 준게."

"그래서 할머니가 우물에서 기어 나왔어요?"

"내가 뭔 수로 혼자 나와. 지나가는 동네 아저씨가 구해 주었제. 암튼 그때부터 나가 동네에서 죽다 살아난 애로 불렸어야."

할머니는 자기 무릎 앞에 패를 가져다 놓으며 연신 어깨를 들썩였다.

"할머니, 이야기 또 해 주세요."

세아가 두 발을 동동거리며 졸랐다.

막내는 할머니를 초코파이 귀신이라고 불렀다. 둘째는 할머니를 화투 귀신, 아빠는 곶감 귀신, 엄마는 잔소리 귀신이라고 불렀다. 모두 할머니가 좋아하는 것들이다. 나는 할머니가 이야기 귀신 같았다. 잠이 오지 않는 밤에 할머니의 어린 시절 이야기를 듣고 있으면 신기하고 기묘한 세계가 내어깨를 따뜻하게 감싸는 기분에 빠져들었기 때문이다.

할머니가 자세를 고쳐 앉으며 헛기침을 했다. 목소리를 한껏 낮추었다.

"쟈가 어렸을 때 옷장 안에서만 살았당게. 거다 오줌도 쌌어야. 그란디 커 가면서 오메나! 간이 을매나 커졌는지 정신을 잃고 백만 원도 넘게 막 써 부렀당게."

"할머니!"

나는 참다못해 소리쳤다. 더는 듣고만 있을 수 없었다.

"아이고, 시꾸러! 시꾸러!"

할머니가 손사래를 쳤다. 그때였다. 세아가 할머니 패를 교묘하게 바꾸어 놓더니 나를 향해 눈을 찡긋했다. 어리둥절하기도 하고 그만 오싹해져 못 본 척했다.

할머니는 신경질적으로 담요를 휙 뒤집더니 화투장과 함께 둘둘 말아 구석에 처박았다. 분하다는 듯 거칠게 씩씩대는 숨소리를 내며 이불에 드러누웠다. 지는 게 당연한 결과 아닌가? 그렇게 말로 떠드는데 어떻게 게임에 집중할 수 있겠는가. 게다가 귀신을!

정말이지 세아를 쫓아내야 한다. 지난밤에 할머니에게 사실 세아는 귀신이라고 정체를 귀띔해 주었다. 그러자 할머니는 세아가 아닌 나를 한참을 보았다. 미주 또 거짓말하는구나, 하고 살피는 그런 눈빛으로.

좀 억울했다. 지금은 속이려고 속인 게 아니니까. 누군가를 속이는 게 기분 좋은 일만은 아니었다. 그렇지만 어쩔 수 없는 노릇이었다. 차마 입 밖으로 꺼낼 수는 없지만 사실 거짓말은 능력이다. 지루하고 뻔한 시간을 견디게 하면서 동시에 숨을 곳을 찾는 능력.

이모와 이모부는 나의 유년 시절을 채워 준 사람들이다. 그런데 어느 날 이 집, 이 가족들이 진짜라는 걸 알게 되었을 때, 그 충격이란. 도대체 내가 뭘 그렇게 잘못해서 이런 혼란을 겪어야 하지? 인생의 반을 지낸 집과 정반대인 복잡스러운 환경은 나를 불안하게 했다. 내가 선택할 수 없는 조건들이 '나'가 되었다. 평범한 몸매와 얼굴, 학교에서는 잘난 것 하나 없는 아이, 복잡한 어린 시절까지. 이 현실에 화가 나는데 어느 누구에게도 화를 낼 수 없다. 그러니 잠깐씩 거짓말에 나를 숨기면서 기분을 누그러뜨리는 수밖에.

얼마 지나지 않아 할머니의 옅은 숨소리가 들려왔다. 나는 세아에게 책상 의자에 좀 앉아 보라고 했다. 그러자 세아는 할머니 곁에 바짝 달라붙었다. 자신의 왼 다리를 할머니 배 위에 올리고는 꼭 끌어안았다. 내가 말리니까 자신은 무게가 없어 괜찮다나. 할머니 가슴에 제 얼굴까지 깊이 파묻었다. 다행히 할머니는 미동 없이 계속 코를 골았지만.

"너 솔직하게 말해. 오백 원 받으러 온 거 아니지?"

나는 바짝 약이 올랐다. 세아는 사람들 눈에 보이지 않는 덕에 마음 놓고 어디든 갈 수 있었다. 공짜로 아이돌 콘서트에 갈 수 있고 호텔 스위트룸에서 잘 수도 있다. 비싼 차를 얻어 타고 마음껏 바다로 갈 수도 있다. 할 수 있는 그 많은 것들을 두고 왜 이 좁고 시시한 방에 있냐는 말이다. 내게 오백 원을 받기 위해서? 정말?

"네가 여기서 맨날 이러고 있으면 나도 돌아 버리지."

이번 주 내내 학원 보충이 있었다. 학교가 끝나고 곧장 학원에 갔다가 집에 오면 세아가 할머니랑 놀고 있어 편히 쉴 수조차 없었다. 어제는 세아가 오지 않아 모처럼 조용했는데 밤이 깊어질수록 언제 출몰할지 몰라 불안했다.

"그럼 나 학교로 갈까? 애들도 보고 싶어. 솔직히 갈 수 있는데 너랑 약속 지키려고 여기 있는 거잖아. 나도 답답해."

"너 생전엔 이러지 않았어. 애들 앞에서 똑 부러지게 말도 못 했잖아."

"그래서 애들이 나 만만하게 봤나?"

알고는 있었나 보네, 하고 혼잣말했다.

"나도 다 알지. 애들은 청소 안 하면서 내가 청소 깨끗이 하면 짜증 내고 그랬잖아. 나한테 부탁할 거 있으면 망설이지 않고 부르고."

나는 세아가 늘 웃으면서 남을 편하게 해 주길래 진짜 괜찮아서 그러는 줄 알았다.

"그냥 난 웃음으로 감추는 게 좋았어."

이건 또 뭔 말이지. 내가 가만히 있자 세아가 말을 이었다.

"근데 미주야, 울 땐 울어야 해. 싸우고 싶을 땐 싸우고. 웃으면서 자신과 싸우는 건 너무 외로워. 죽어 보니까 그래."

웃느라 외로웠다니? 나는 뜻밖의 말에 당황했다. 이야기를 나눌수록 세아를 잘 모른다는 생각이 들었다. 확실한 건 비밀이든 음모든 원한이든 무언가가 남아 있어서 세아가 여기를 떠돌고 있다는 거였다.

"죽을 때 말이야."

세아의 표정이 진지해졌다. 어둠 속에서 표백된 것 같은 낯빛이 섬뜩했다.

"깃털처럼 몸이 가벼워져서 붕 떠올라. 걸을 때도 땅을 딛지 않는 기분이야. 스카이 콩콩을 타는 그런 기분이랄까. 그런데 몸과 달리 마음은 더 무거워져. 안 보이던 것들이 다 보이거든."

"넌 뭘 봤는데?"

궁금해서 묻지 않을 수 없었다.

"마법사의 유리구슬이 있으면 좋을 텐데. 손으로 문지르면 그 안에 다른 세계가 나타나는, 그런 구슬 말이야. 말로 설명하기 힘들 때 함께 보면 좋잖아. 근데 그런 능력은 없어."

"시시하네."

"전혀 없는 건 아니야. 유리구슬 대신 꿈을 꾸게 할 수 있거든."

할머니가 해석하기를 좋아하는 예지몽 같은 건가. 세아가 그런 능력을 가졌다고? 길몽과 흉몽을 꾸게 한다면 그건 대단한 초능력 아닌가? 호기심이 마구 발동하려고 했다. 나는 다시 정신을 붙잡았다. 세아를 그만 쫓아내야 한다. 더 말려들어서는 안 된다.

지금 세아는 사연 많은 귀신인 척하며 분위기를 새롭게 끌고 있다. 슬퍼 보이지만 절대로 묻지 않을 작정이다. 비밀을 들어 주면 뭔가 책임져야 할 일이 반드시 생기는 법. 나는 조금도 심각하지 않은 양, 왼쪽 귓속을 팠다.

"그러면 꿈에서 네가 나한테 오백 원에 대해 알려 주면 되겠다. 오늘 밤에 당장 알려 줘."

"미안하지만 네 기억은 내가 못 도와줘."

"야! 난 지금 너한테 갚고 싶어도 갚지를 못하니까 괴로운 거야."

"너 빌렸어. 갚아야 해."

세아는 이부자리에서 일어나 앉았다. 쉽게 물러서지 않겠다는 표정이 진짜 빚쟁이 같았다.

나도 모르게 입이 벌어졌다. 오백 원에 이토록 막막해질 수 있을까? 분하고 억울했다. 아무리 악덕 사채업자라도 오백 원 받으러 이렇게 한밤에 찾아오지는 않을 거다. 어쩌면 세아는 악귀일지도 몰랐다. 더는 내가 알던 그 착해 빠진 세아가 아니다.

"그럼 말이야."

세아가 살짝 고민하는 표정을 지어 보였다. 나는 기대에 차 어서 말하라고 채근했다.

"기억은 일단 미루고……."

세아가 자꾸 뜸을 들여서 심장이 쪼글쪼글해지는 기분이 들었다.

"다른 방법을 알려 줄까?"

세아는 해낙낙한 목소리로 말했다. 얄미웠지만 이제야 제법 말이 통하는 것 같다.

"세정이 친구가 되어 줘."

세상천지 말도 안 되는 소리였다.

"너 계산 똑바로 해. 그게 어디 오백 원어치야. 말이 돼? 그리고 나는 사람을 많이 가리는 편이야."

"알아. 근데 사람을 왜 가려?"

"취향이라는 게 있으니까."

"네 취향이 뭔데?"

"내 취향? 그걸 당장 말할 순 없고, 암튼 김세정은 진짜 아니야."

"내가 봤을 때 너 취향 별로야."

말려들지 않기 위해 정색하며 물었다.

"왜 하필 나야?"

"왜라니? 난 처음부터 너였어. 너랑 친해지고 싶어서 백일 장도 가자고 했고. 그런데 네가 곁을 안 주더라."

"그러니까 하고 많은 애 중에 왜 나냐고."

"너한테 끌렸으니까. 끌리는 마음에 이유가 어딨어."

"느낌일 뿐, 논리적으로는 설명이 불가능하다는 거네."

"맞아. 그냥 너였다니까. 그리고……."

"그리고 또 뭐?"

"그냥 너라면 세정이도 이해할 것 같았어."

"아 나 진짜! 내가 김세정을 이해하느니 차라리 우주를 이 해하겠다."

"우주를? 넌 참 간이 크다. 그래서 카드도 한 번에 확 그어 버렸구나."

"한 번 아니고 여섯 번에 걸쳐서. 야! 그리고 그건 작년 일 이잖아."

"그래도 좀 심했어. 엄마 아빠 생각도 했어야지. 검소하게 사는 분들이잖아."

"난 그게 억울하다는 거야. 누군가는 평생 벌어도 낭비를 할 수 없다는 게. 난 기회가 오면 다 써 버릴 거야. 그게 내 경제관념이야."

네, 네 하며 세아가 엄지를 추켜세웠다.

"암튼 김세정은 싫어. 오백 원이 아니라 오백만 원을 준다 해도 싫어."

"너 말이 좀 심하다. 이런 말까지 안 하려 했는데 넌 친구를 두고 왜 돈을 따져? 너 친구랑 있을 때 돈 얼마 썼는지, 더 썼는지 그런 거 셈해? 그렇게 계산적인 애가 왜 나한테 돈 빌린 건 기억도 못 해? 죽으면 돈은 아무 가치도 없어. 가치 있는 건 기억뿐이야. 나는 네가 하도 힘들다고 하니까 친절하게 방법을 알려 준 거야. 암튼 세정이랑 친구가 되면 오백 원은 깨끗이 갚은 거로 쳐 줄게. 간단한 계약이잖아."

조금도 간단하지 않았다. 이건 아빠가 요구한 근로 계약서보다 더한 갑질이었다. 일 년 가까이 양파 까기 계약을 성실히 이행했고 이제야 겨우 끝났는데, 왜 이런 일이 내 앞에 나타난 건지 정말 억울하고 분통이 터졌다. 이건 또라이를 사귀느냐 아니면 귀신과 함께 사느냐의 문제였다. 둘 다 상상조차 하고 싶지 않아 머리를 세차게 흔들었다.

"아, 이제 알겠다. 절친이면 절대로 이런 부탁 못 하지. 너,

나랑 안 친해서 나한테 온 거지? 나는 친구가 없으니까 소문 날 염려도 없고 말이야. 너 이러면 안 돼. 내가 이런 말까지 안 하려 했는데 너도 김세정이랑 쌍둥이인 거 학교에 비밀로 했잖아. 쪽팔려서 숨긴 거 아니야?"

"그래서 지금 후회하고 있잖아. 난 세정이가 마음에 들지 않을 때가 많긴 했지만 그렇다고 사랑하지 않은 건 아니야."

나는 머릿속으로 세아의 말을 곱씹었다. 마음에는 안 드는데 사랑은 한다고.

"세정이가 아이들에게 미움받는 게 싫었어. 그건 정말 견디기 힘들었어."

"그래도 난 못 해."

나는 설득당하지 않으려고 부러 큰소리쳤다. 그리고 힘주어 다시 말했다.

"근데 이제 너랑도 있기 싫어."

나는 이불을 뒤집어쓰고 씩씩거리며 숨을 토해 냈다. 내가 거짓말로 가까운 사람들을 속여 왔다면 세아는 웃음으로 억울함, 슬픔, 두려움, 불쾌함 같은 여러 감정을 감추었다. 그러다 외로운 귀신이 되었다고 주장하고 있다. 머리가 터져 버릴 것 같았다. 괴로워 죽겠는 상황인데 또 잠이 오다니.

"넌 곧 어떤 꿈을 꾸게 될 거야."

귓가에서 세아의 목소리가 주문처럼 들려왔다. 커다란 문이 열리고 그 안으로 빨려 들어가듯…… 스르르 잠에 빠져들었다.

공포 영화

가슴뼈가 으스러지는 듯한 통증이 몸을 관통했다. 고통에 놀라 눈을 떴다. 희미하게 의식이 돌아오자 내 방이 눈에 들어왔다. 천천히 손가락을 움직여 보았다. 심하게 부딪히거나 맞은 것 같아 이리저리 몸을 살펴보았다. 느낌과 달리 다친 곳은 없었다.

꿈에서 나는 산골 좁다란 길 어귀에 있는 낡고 허름한 집으로 들어갔다. 흙 마당에는 지저분한 개집이 있었다. 개는 없었다. 남자와 할머니가 대청마루에 우두커니 앉아 있었다. 해가 지는 하늘을 바라보는 할머니의 눈동자는 쉼 없이 흔들렸다. 할머니는 앞을 보지 못하는지 손으로 허공을 더듬으며 걸어 다녔다. 할머니가 방으로 들어가자 남자는 한쪽 발을 절며 마당을 서성였다. 삼십 중반쯤 되어 보이는 남자는 키가 작고 말랐지만 몸이 꽤 다부졌다. 그들 눈에는 내가 보이지 않는 것 같았다. 나는 내가 왜 여기에 있는지 알 수 없었다.

산에 어둠이 내려앉자 집 안도 금세 어두컴컴해졌다. 남자는 혼자 평상에 앉아 연거푸 술을 마셨다. 잠시 후 입에서 거칠고 험한 욕설이 쏟아져 나왔다. 누구를 향한 것인지 알 수 없었다. 남자의 얼굴은 점점 일그러지고 광기 어린 웃음이 이어졌다. 남자는 어기적거리며 일어나 방으로 향했다. 방문을 열고 기괴한 소리를 내질렀다. 방 안에는 어린아이가 몸을 잔뜩 웅크린 채 누워 있었다. 떨고 있는 작은 몸을 남자가 발로 걸어차기 시작했다. 남자의 발길질에 아이는 짐짝처럼 방 안을 굴러다녔다. 동공이 풀린 채 재미있다는 듯 웃는 남자는 사람이 아닌 짐승에 가까워 보였다. 아이는 숨을 제대로 쉬지 못하고 헉헉거리다 가느다랗게 울먹였다. 남자가 아이를 발로 밟으려다 중심을 잃고 옆으로 쓰러지자 아이는 때를 놓치지 않고 방을 뛰쳐나왔다. 그러고는 재빨리 개집으로 기어들어 갔다.

아이는 한참이 지나도록 나오지 않았다. 나는 개집 안으로 고개를 들이밀었다. 조금 전보다 더 작게 웅크린 아이는 움직이지 않았다. 나는 아이의 작은 어깨를 만져 보았다. 그러자 아이가 고개를 들어 나를 물끄러미 올려다보았다. 살려 주세요. 분명 모르는 아이였는데 눈이 마주치자, 그 순간 아는 얼굴로 바뀌어 있었다.

나는 겁에 질린 채로 꿈에서 깨어났다. 한참 동안 꿈과 현실을 오가는 몽롱한 기분으로 새벽이 밝아 오는 것을 지켜보았다. 뉴스나 영화로 보았던 가정 폭력 장면을 눈앞에서 보았다. 너무 무서운 꿈이라 빨리 떨쳐 버리고 싶었다. 할머니가 끙 소리를 내며 깨어나 자리에 앉자마자 나는 꿈 이야기를 꺼냈다. 할머니를 오래 붙잡고 싶어서 내가 본 내용을 최대한 자세히 털어놓았다.

"누가 맞았다고? 봤으믄 신고를 해야지. 어쩌야 쓰까."

"아니, 내가 얻어맞은 것처럼 아팠지만, 꿈이었다고."

답답하게도 할머니가 꿈을 현실로 받아들였다. 나는 소리를 내질렀다.

"나랑 상관없는 사람이 나타난 꿈!"

"미주야! 시상에 상관없는 사람이 어디 있다고 그러냐. 누가 고통을 당하믄 도와야지. 절대로 모르는 척하고 그라믄 못쓴다. 그 잡놈의 술주정뱅이를 어디서 잡는디야. 천벌을 받아야 하는디. 그 어린것이 을매나 아팠을까."

오늘 아침에는 정신이 오락가락하나? 나는 할머니를 가까이서 살펴보았다. 오래 입어서 낡은 옷처럼 주름이 가득한 얼굴이지만 눈동자만큼은 빛났다. 나는 길게 한숨을 내쉬었다. 할머니는 평소 뉴스를 보다 저 썩을 놈, 저 염병할 놈, 하며 욕을 늘어놓을 때가 많았다.

"미주야, 꼭 도와줘야 한다."

"내가 뭘 어떻게 도와?"

"옛날에는 옆집에서 뭔 일 나고 그라믄 다 알았는디 요즘 시상은 너무 각박혀. 다 지밖에 모르잖여. 사람 나고 돈 났지. 돈 나고 사람 났냐. 사람 귀한 줄을 알아야 혀."

"할머니! 돈이 있어야 사람도 구하는 거야."

"사람은 사람이 구하는 것이여."

"아 됐어."

나는 귀찮다는 듯 자리에서 일어섰다.

"저, 저 못된 년!"

할머니가 내 등에 대고 마저 욕을 했다.

욕도 먹고 아침도 먹고 집을 나섰다. 오늘은 토요일, 큰맘

먹고 어젯밤 보고 싶던 영화를 조조로 예매했다. 버스 정류장으로 향하는데 막다른 골목 귀퉁이에서 덩치 큰 남자가 혼자서 어떤 동작을 반복해 연습 중이었다. 태권도 동작 같기도 하고 권투 같기도 했다. 어쨌든 길거리에서 연극하듯 혼자 몸을 써 가며 놀고 있는 사람이 누구인지는 금세 알 수 있었다. 같은 동네에 사니까 충분히 마주칠 수 있는 우연이지만 가능하면 피하고 싶었다. 걸음을 빨리하는데 나를 부르는 소리가 짧게 들려왔다.

"야!"

이맛살을 잔뜩 찌푸리며 멈춰 섰다.

"왜?"

"너, 나 알잖아."

뭐래? 하는 표정으로 김세정을 바라봤다. 김세정이 가까이 다가와 나를 물끄러미 봤다. 어젯밤 꿈에서 본 애가 아침 골목에서도 보이니까 상당히 비현실적으로 느껴졌다. 이 상황은 뭐지? 우연인가, 의도인가. 나는 뒷걸음질 쳤다.

"나한테서 우산 가져갔잖아."

"가져간 거 아니고 네가 준 거지."

"어디 가냐?"

굳이 대답할 필요를 느끼지 못해 입을 굳게 다물었다. 어색한 침묵이 오갔다.

"잘 가라."

김세정은 머리를 긁적이더니 앞서 저만치 걸어가 버렸다. 뭐지, 이 싱거운 반응은? 나도 그만 뒤돌아섰는데, 이번에는 세아와 눈이 딱 마주쳤다.

악! 나는 자리에 주저앉아 비명을 질렀다. 세아는 담벼락에 기대어 서 있었다. 기다렸다는 듯 반갑게 손까지 흔들어 댔다. 아침 댓바람에 그것도 방이 아닌 바깥에서 보니 이건 또 무슨 일인가 싶었다. 세아가 진짜 사람처럼 보여서 더 놀랐다.

"너 어디 가?"

김세정과 김세아 남매는 왜 이렇게 나한테 관심이 많지? 나는 세아를 따돌리려고 달리듯 걸었다. 오 주여, 하느님 아버지 그리고 부처님. 입에서는 믿지도 않는 신의 이름이 줄줄이 나왔다. 제발 조용히 살게 해 달라고 절박한 심정으로 기도를 올렸다.

"어디 가냐니까?"

세아가 날듯이 순식간에 내 앞으로 다가왔다.

"영화관."

나는 아랫입술을 깨물고 낮은 소리로 대답했다.

"나도 영화 보고 싶다."

주변을 두리번거렸다. 큰길가에 다다르기 전에 속삭이듯 물었다.

"너 다른 사람 눈에는 안 보여? 김세정이랑 대화했어?"

"세정이한테는 안 갔어."

"왜?"

"우리 세정이 놀랄까 봐."

"와, 김세정만 걱정해 주네. 나는?"

"넌 간이 부었잖아."

세아는 버스 정류장 앞에 교복을 입고 서 있다. 사람들은 세아의 존재를 전혀 인식하지 못했다. 다들 자연스레 나를 지나쳐 갔다. 아무도 내 쪽을 유심히 보지 않았다. 말 그대로 내 눈에는 잘도 보이는데 사람들 눈에는 투명 인간 상태인 것이다. 세아는 지나가는 사람들을 향해 팔을 폈다 오므렸다 하며 장난을 걸었다.

나는 모른 척하고 냉큼 버스에 올라탔다. 뒤쪽 창가 자리가 비어 있었다. 세아를 따돌렸다는 통쾌함에 길게 숨을 내쉬었다. 두 정거장쯤 지나 차창 쪽으로 눈길을 돌렸는데 순간 비명을 지를 뻔했다. 가까스로 입을 틀어막고 말했다.

"미쳤어."

옆에 서 있는 여자가 나를 힐끔거렸다. 나는 통화하는 척 주머니에서 무선 이어폰을 꺼내어 귀에 꽂았다.

"영화제 가 보는 게 내 버킷 리스트 중 하나였어. 아침부터 밤까지 종일 영화만 본다고 생각하면 너무 근사하지 않니? 여러 번 사는 그런 기분이 들 거야. 영화제는 잘 모르지만 우선 조조로 애니를 볼래. 아침은 환상적으로 시작하는 게 좋으니까. 그다음엔 맛있는 걸 먹고 로맨스 영화를 보러 가야지. 오후에는 누군가를 미치도록 사랑하고 그리워하는 그런 이야기가 좋잖아. 밤에는 영웅과 악당이 나오는 영화를 보고. 한 인간이 세계를 구하는 그런 서사 멋지지 않니? 참고로 난 인간이 인간을 죽이는 내용은 딱 질색이야."

나는 대꾸하기 귀찮아 세아 혼자 실컷 떠들라고 내버려 두었다. 세아는 인간의 본성과 내면을 드러내는 예술 영화도 좋아한다면서 여러 감독의 이름까지 줄줄이 말하며 영화를 소개했다. 처음에는 잘난 척하는 것처럼 들렸는데 듣다 보니 흥미로웠다. 마치 영화 소개 방송을 듣는 기분이었다. 나도 모르게 고개를 끄덕거렸다.

"나 영화 유튜버도 하고 싶었는데."

세아의 표정이 어두워지나 싶더니 이젠 소용없지 뭐, 하고는 대수롭지 않게 히죽 웃었다.

영화관에 도착해 표를 한 장 더 사려다 아차, 싶었다. 세아는 공짜로 영화를 본다며 신이 나서 영화관 여기저기를 출랑거리듯 뛰어다녔다. 내가 산 팝콘도 마음대로 집어 먹었다. 아무도 못 본다면서 양 볼에 잔뜩 힘을 주어 바닥 여기저기에 훅훅, 팝콘을 날렸다. 진상 고객이 따로 없었다. 세아는 나를 향해 여유롭게 웃으며 어깨를 으쓱해 보였다. 상영관에는 앞자리에 관객이 두어 명 앉아 있었다. 옆과 뒤를 둘러봐도 채 열 명도 되지 않았다.

나는 호기심이 생겼다.

"여기 너 말고 누구 또 있어?"

세아는 주변을 두리번거렸다.

"입구에는 많았는데 이 상영관에는 없네. 령들에게는 인기 없는 영화인가 봐."

"령이라고 불러?"

"응. 우리끼리는 그렇게 불러."

"만나서 서로 이야기도 해?"

"다들 나름의 이유로 바빠서."

나는 령,이라고 짧게 소리 내어 발음해 보았다. 령, 령, 영. 왠지 외로운 느낌이 드는 호칭이었다.

잠시 후 암전되고 영화가 시작했다. 부서진 두개골에 머리카락이 덮인 해골이 등장했다. 두개골의 뻥 뚫린 눈구멍에서 푸른빛이 나오자 주인공이 비명을 질렀다. 무덤 여기저기에서 오싹한 귀신들이 출몰하니 세아도 정신없이 소리를 질러 댔다. 세아는 공포를 견디지 못하고 어깨를 움찔거리며 두 손으로 눈을 가렸다. 이내 참지 못하고 손가락을 벌려 마저 보다가 얼른 내 뒤로 숨었다. 나는 겁에 질린 세아가 어이없었다.

"너는 귀신이 어떻게 귀신을 무서워하냐?"

내 말에 세아는 정색하며 말했다.

"사람도 사람이 무섭잖아."

세아는 내가 공포 영화를 좋아할 줄은 상상도 못 했다며 겁에 질린 채 말했다. 나중에는 배경 음악만 나와도 귀가 따가울 정도로 소리를 질러 대며 온몸을 비틀었다. 나는 세아에게 공포 영화를 제대로 보는 법을 알려 주었다.

"간단해. 똑바로 보는 거지. 절대로 고개를 돌리거나 눈을 피하면 안 돼. 그러고는 짧고 굵게 비명을 지르는 거야. 이렇게 말이야. 악! 악!"

세아는 내 충고대로 시체를 똑바로 보고 짧지만 큰 소리로 악! 소리를 질렀다. 한 번 가르쳐 주었더니 그다음에는 정말 무서운 건지 아니면 작정을 한 건지 알 수 없을 만큼, 악!

악! 하고 계속해서 소리를 내질러 댔다. 사실 나도 조금은 무서웠는데 나름대로 공포를 즐겼다. 우리는 어둠 속에서 다정하게 고개를 한 번 끄덕이고는 준비해 둔 것처럼 함께 악! 비명을 질렀다. 다시 눈을 맞추고 웃으며 또다시 악!

무서운데 하나도 무섭지 않았다.

영화가 끝나고 가벼운 발걸음으로 화장실로 향했다. 손을 씻고 나오다 윤이서와 마주쳤다. 주변에는 그 애들도 있었다. 갑작스러운 상황에 얼굴이 훅 달아올랐다. 걸음을 빨리해 자리를 피하려 했다.

"재수 없어. 눈 버렸잖아."

"쟤만 보면 어디 가서 안 본 눈 사고 싶어져."

"요즘은 누구한테 거짓말하나?"

하고 싶은 말을 참지 않는 게 권력인 줄 아는 애들. 무리를 지으면 겁이 없어지고 상대에게 상처 주는 줄도 모르고 공격하는 부류. 안 들리는 척하는 게 상책이다. 엘리베이터 버튼을 누르고 초조한 마음으로 붉은 숫자를 노려보았다. 어서 이 자리를 떠나고 싶은데 숫자는 좀체 바뀌지 않았다.

그때 뒤에서 사람들이 웃는 소리가 들려왔다. 뒤돌아보니 그 애들이 바닥에 넘어질 듯 위태롭게 서 있었다. 윤이서는 깨금발을 한 채 양팔을 허공에 대고 버둥거렸다. 긴 머리카락이 심하게 헝클어져 우스운 모양새였다. 마치 마임을 흉내 내는 것처럼 보였다. 신기하다며 구경하는 사람들과 달리 그 애들의 얼굴은 새빨갰다. 잠시 후 세아의 장난에서 풀려난 아이들이 화장실로 달려갔다.

나는 웃으며 엘리베이터에 올라탔다. 문이 닫히기 전 세아가 미끄러지듯 몸을 던져 들어왔다.

"나는 쟤네 1학년 때도 싫었어. 남들 함부로 깔보는 거 정말 마음에 안 들어."

세아의 말에 나는 놀라 물었다.

"혹시 우리 1학년 때도 같은 반이었니?"

"나, 네 뒤에 앉은 적도 있어."

"정말이야……?"

나는 말끝을 흐렸다.

"코로나 때문에 등교를 안 해서 많이 못 만났잖아."

세아가 위로했다. 나는 긴 한숨을 내쉬었다. 코로나 영향 때문만은 아니었다.

나는 반 아이들과 같은 공간에서 거의 매일 얼굴을 봐도 친해지기 어려웠다. 박지현과 두 달 넘게 짝을 했지만 이름도 겨우 외웠다. 작년에 같은 반이었던 세아는 기억조차 하지 못했다. 어떻게 그럴 수 있지? 정말 내 눈에는 윤이서만 보였던 걸까? 다른 애들은 보이지도 않고. 생각해 보면 중학교 때는 주변에 관심을 두지도 않았다. 삼 년 내내 나와 같은 반을 했던 아이가 있었다. 나는 그 아이와 교실에서 거의 말을 섞어 본 적이 없었다. 졸업식 날 그 아이가 먼저 다가와 축하한다고 말했을 때 나는 당황했다. 뒤늦게 미안한 마음이 들었다.

친구란 어떻게 되는 걸까? 나는 종종 내가 불 꺼진 상점처럼 느껴졌다. 불 꺼진 상점에는 누구도 들어오지 않는다. 윤이서를 향해 잠시 불을 밝히고 문을 열었지만 다시 폐점한 상점이 되어 버렸다. 나는 매일 어두운 상점에 홀로 앉아 오늘은 꼭 전구를 갈아 끼우자고 다짐한다. 전구를 가는 방법은 간단하다. 아주 잠깐 용기를 내면 된다. 하지만 나는 감전이 될까 봐 무섭다. 다시 혼자가 될까 봐 무섭다. 감전될 확률은 아주 낮은데 나는 나설 용기가 없다. 나 이대로도 괜찮은 걸까?

영화관을 나와 걷는 동안 우리는 말이 없었다. 내 표정을 살피면서도 아무것도 묻지 않는 세아가 고마웠다. 세아라서 어두운 상점 안으로 성큼 들어올 수 있었던 걸까? 오늘 오랜만에 혼자가 아닌 누군가와 함께 영화를 봤다. 마음껏 소리를 지를 수 있어서 좋았다. 마음에 환하게 불이 켜진 그런 기분이었다. 내가 먼저 침묵을 깼다.

"김세정이랑도 영화 많이 봤어?"

갑자기 세아의 눈동자가 불 밝힌 전구처럼 반짝거렸다. 그러더니 미주야, 하고 힘주어 내 이름을 불렀다.

"세정이를 딱 세 번만 만나 줘."

그럴 줄 알았다. 나는 최대한 빠르게 걸었다. 못 들은 척하고 걸어가는데 세아가 뒤따르며 쉬지 않고 말했다. 따로 약속을 정해 만나지 않아도 좋으니 세 번만 관심을 가지고 자세히 봐 달라고 부탁했다. 무엇보다 친구까지는 바라지 않는다고. 그러면 자신은 순순히 떠나겠다고 덧붙였다. 나는 멈춰 섰다. 세아가 잔뜩 긴장한 얼굴로 나를 바라보았다.

"너, 귀신이라도 두말하면 안 된다. 돈 빌린 기억은 진짜 안 떠올라. 김세정한테 딱 세 번만 관심 주기, 그리고 땡! 약속하는 거다."

세아는 크게 고개를 끄덕였다. 계약 조건은 나쁘지 않았다. 나를 한시 오픈한 상점이라고 여기면 간단했다. 어차피 남한테 내줄 마음도 없는데. 김세정도 살 것 하나 없는 빈 상점이라 여기고는 금방 떠나겠지.

집으로 돌아온 나는 세아가 딴소리하지 않도록 계약서를

만들었다. 종이에 대충 휘갈겨 썼는데, 세아는 자신의 이름을 꽤나 정성스레 서명했다.

홍미주(이하 "을")는 김세아(이하 "갑")의 말대로 김세정에게 딱 세 번의 관심을 보여 준다. 이후 갑은 곧장 을의 집을 떠난다.

우리는 마이너스 2야

창가의 햇빛이 사선으로 밀려든다. 빛 속에서 먼지 알갱이 하나하나가 반짝거린다. 아주 작고 미세한 입자가 빛의 물결을 타고 눈앞에 있다. 먼지를 보는 동안 어떠한 소리도 들리지 않았다. 시끄럽기만 하던 교실은 일순간 시간이 멈춘 듯했다. 허공의 먼지는 보란 듯이 춤을 추기 시작했다. 창가에서 바람이 불어왔다.

"이제 중요한 공지 사항은 다 끝났다."

정신을 차려 보니 담임이 종례를 하고 있었다.

"홍미주!"

갑자기 들려온 내 이름에 놀라 자리에서 벌떡 일어났다.

"나와서 이거 받아 가라."

담임은 컴퓨터에 눈을 두고 종이 한 장을 내밀었다. 교내 백일장 상장이었다. 지난주에 시를 내고 까맣게 잊고 있었다. 장려상이었다. 이런 상은 처음이어서 부끄러웠다. 얼른 가방에 집어넣고 교실을 나섰다. 운동장을 가로질러 학교를 빠져나오자 그제야 우쭐한 마음이 들었다.

오랜만에 미주홍으로 향했다. 오후 다섯 시, 식당은 비교적 한산했다. 테이블 두 곳에만 손님이 있었다. 엄마는 벽에 걸린 텔레비전을 보며 숟가락에 종이봉투를 씌웠다.

"배고파, 나 간짜장."

창가 자리에 앉아 큰 소리로 주문했다. 아빠가 주방 창으로 얼굴을 내밀어 나를 확인했다. 다시 화구 앞으로 돌아가는 아빠의 뒷모습이 보였다. 아빠는 평소에도 말이 없었다. 단답형의 대답으로는 대화가 이어질 수 없다. 말주변이 없다고 해야 할까? 엄마는 아빠의 어떤 면에서 사랑을 느꼈을까? 반대로 아빠는 엄마의 어떤 면에 반했을까? 알 수 없지만 두 사람은 종일 함께했다.

나는 창밖으로 고개를 돌렸다. 여름 햇살이 뜨거웠다. 몇 번이고 눈을 깜박이다 다시 떴다. 사거리 건널목 앞에 김세정이 서 있었다. 길을 건너려나 했는데 신호가 몇 번 바뀌어도 그 자리에 가만히 있었다. 김세정은 거짓말같이 나타나 좀체 떠나지 않았다.

"신고해야 하나 그러고 있다. 벌써 한 시간째야."

엄마가 간짜장을 내주며 말했다.

"같은 교복인데 혹시 아는 애니?"

"몰라."

나는 잡아떼고는 젓가락을 들었다.

"저러다 더위 먹고 쓰러지면 어쩌냐. 나가 볼까?"

"내버려 둬."

"덩치 큰 애가 어깨를 잔뜩 수그리고서 뭘 계속 살피는데 찻길도 가깝고 위험해서 그러지."

"아, 좀."

"넌 왜 신경질이냐?"

"먹고 내가 가 볼게. 됐지?"

지금은 배가 고프다. 양파 한 조각을 집어 입 안에 넣었다. 알싸하게 매운 게 볶으면 설탕보다 달콤한 맛이 났다. 정말 이지 먹을수록 궁극의 맛이 느껴졌다. 양파를 씹어 삼키며 창가에 눈길을 두었다.

내가 간짜장을 깨끗이 비울 때까지 김세정은 길바닥에서 꼼짝 않고 서 있었다. 참 다양한 방식으로 기행을 일삼는 아이였다. 도대체 왜 저러고 있는 거야? 나는 자리에서 일어나 밖으로 나갔다. 양팔을 힘차게 휘저으며 걸어갔다.

그래, 첫 번째 관심 주기 미션이다!

김세정은 땀을 뻘뻘 흘리고 있었다. 땀에 젖은 머리는 새들의 깃털을 잔뜩 꽂아 놓은 듯 삐죽삐죽 솟아 있었다. 웅덩이를 바라보며 숨을 쌕쌕 내쉬었다. 물이 고인 자리에는 무지갯빛 잔물결이 일었다. 설마 저기에 마음을 빼앗긴 건 아니겠지? 나는 손차양을 하고 더 가까이 다가갔다. 내 움직임에 웅덩이 빛이 신기루처럼 사라져 버렸다. 그 순간 김세정이 획 뒤돌아섰다.

"너 뭐냐?"

"나, 홍미주."

김세정이 화를 내자 나도 모르게 내 이름을 말했다. 그러자 김세정은 무언가 생각난다는 표정을 지었다.

"잠시만, 저기가 너희 집?"

중국집 간판을 가리켜서 나는 어깨를 으쓱했다.

"와! 나 저기 단골임. 미주홍 짜장면이 최고지. 고기랑 양파도 듬뿍 넣어 주고 단무지도 많이 주고."

재료를 아끼지 않고 만드는 아빠의 짜장면 맛을 알아주니 내심 반가웠다. 진지하게 대화를 시도해 보려는데 김세정이 짜증 섞인 투로 물었다.

"근데 왜 거기 서 있냐?"

덫에 걸린 심정이었다. 나도 너랑 같이 있고 싶지는 않아. 근데 이대로 돌아갈 수는 없어.

"그때 우산 고마웠어. 저기, 물어볼 게 있어."

"뭐?"

"너, 계속 이 동네 살았어?"

"여덟 살 때 왔어."

"세아도 같이?"

세아 이름에 김세정의 얼굴빛이 확 달라졌다. 기대에 찬 온순한 표정으로.

"나, 세아 친구야. 우리가 좀 늦게 친해졌는데……."

나는 최대한 친근하게 말을 이었다.

"사실 내가 세아에게 갚을 게 좀 있거든. 늦었지만 궁금한 것도 있고……."

김세정이 이해하기 힘들다는 표정으로 나를 쳐다봤다. 이마와 콧등에서는 자꾸만 땀이 났다. 덥기도 했지만 어떻게 말을 해야 할지 난감했다.

"겨우 오백 원 때문에 이러는 건 아니고……."

내 주둥이를 철썩 때리고 싶었다. 쓸데없는 소리를 왜 하고 있지? 당황해서 차라리 입을 다물고 싶어졌다.

"너 세아한테 뭐 잘못한 거 있지?"

나는 뒤로 물러서며 손사래를 쳤다.

"절대 아니야. 진짜야. 만나면 물어봐."

"너 뭐냐?"

"그니까 너랑도 잘 지내면 좋겠다 싶어서……."

나는 약간 떨리는 목소리로 대답했다. 김세정이 나를 위
아래로 훑더니 어이없다는 듯 크게 웃었다. 너무 크게 웃어
서 나는 주변을 살폈다. 그러더니 김세정은 다시 웅덩이를
봤다. 특별할 게 없는 그냥 그런 웅덩이였다. 볕이 뜨거워 금
세 등과 겨드랑이에 땀이 솟기 시작했다. 그늘만 있어도 좀
더 관심을 주겠지만 지금은 어서 자리를 뜨고 싶었다.

"갈게."

짧게 인사하고 뒤돌아 가려는데 김세정이 어이! 하고 불
러 세웠다.

"너 고객 관리 좀 해라."

"뭔 고객?"

"세아랑 나는 미주홍만 시켜 먹었다."

"그래서?"

"나도 세아 친구가 좀 필요하거든."

"내가 필요하다고?"

"응. 여기서 세아를 만나기로 했거든."

"……."

"너 때문에 못 만났으니까 다음 작전 때 도와라."

김세정은 웅덩이를 조금만 더 바라보고 있었으면 성공했을 거라고 덧붙였다.

"아니, 뭔 웅덩이에서 만나. 편하게 집에서 만나면 되지."

"너 아까부터 말 재밌게 한다."

"……."

"근데 나한테도 다 계획이 있다."

"뭔 계획?"

"다음 계획은 테루형이 알려 주신다."

"그게 누군데?"

"엄청 유명한데 몰라?"

"몰라."

"가라."

"어딜?"

"내가 아냐."

김세정이 저쪽으로 먼저 가 버렸다. 나는 뒤도 돌아보지 않고 집으로 향했다. 미쳤어, 미쳤어. 날도 더운데 길바닥에서 뭔 세아를 만날 계획을 세워. 말이 통해야 대화를 하지. 그리고 무슨 애가 말이 저렇게 짧아. 아니, 지난번 골목에서는 혼자 이리 뛰고 저리 펀치해 대더니 오늘은 한 시간도 넘게 웅덩이만 가만히 노려보고 있고. 행동에 일관성이 없잖아. 세아만 아니면 더는 말도 섞고 싶지 않았다. 두 번만 더 참자. 나는 주먹을 불끈 쥐었다.

집에 도착하니 할머니가 염색약을 사 놓고 기다리고 있었다. 말렸지만 소용없었다. 죽기 전 당신 소원이라고 했다. 그렇다면 될 대로 되라는 심정으로 염색을 시작했다. 할머니는 투명한 비닐 모자를 쓰고 색깔이 물들기를 기다렸다. 그 모습이 웃겨서 나와 동생들은 할머니 곁을 떠나지 않았다. 우리는 화장실 문 앞에서 초조한 마음을 숨긴 채 머리 감는 할머니를 기다렸다. 잠시 후 나온 할머니의 머리카락은 빛바랜 보라색에 가깝게 물들어 있었다. 꼭 만화 캐릭터 같았다. 이젠 어떡하지, 하고 있는데 할머니가 거울을 보며 만족스럽게 웃었다.

"누나! 할머니 머리에서 꽃이 자라겠어."

"형, 우리 할머니 왕 시키자."

동생들은 환호했다. 할머니와 함께 사진을 찍어 친구들에게 자랑했다. 할머니 사진 밑으로 엄지척 이모티콘과 멋져 요가 무려 47개나 달렸다.

"자랑하러 노인정에 가야 쓰겄다."

할머니가 외출을 서둘렀다. 할머니는 목소리가 크고 잘 웃는 데다 화투까지 잘 쳐서 노인정에서 인싸로 통했다. 하지만 치매를 판정받고 사소한 실수를 몇 번 한 뒤로 발길을 끊었다. 오랜만의 외출에 동생들도 쫓아 나섰다.

집 안이 갑자기 조용해졌다. 여름 해가 서서히 기울었다. 나는 침대에 팔을 베고 누워 미용사를 해서 돈 벌 꿈은 꾸지 말아야겠다고 생각했다. 세아는 왜 이런 소원을 빌었을까. 가만 보니 세아는 장난과 내기를 좋아했다. 만약 교실에서 세아와 가까이 지냈다면 어땠을까.

넌 여름이 좋아? 겨울이 좋아? 나처럼 비 오는 날 좋아해? 너 그 영화 봤어? 시작 오 분 전에 열 번은 소리 질렀어. 나는 목소리가 큰 사람은 괜찮은데 입꼬리를 올리고 웃는 애들은 싫어. 넌 어떤 사람이 좋아? 공통된 취향을 찾고 우리만의 농담을 만들어 냈을까. 세아와 나눌 법한 대화를 상상하고 있는데 미주야, 하는 소리가 들려왔다.

깜짝이야. 놀라 고개를 돌려 보니 검은 나무 아래 세아가 무릎을 감싸고 앉아 있었다.

"테루형이 누구야?"

테루형이라면 아까 김세정이 말한 사람이었다. 듣고는 바로 잊어버렸는데.

"잠시만."

나는 유튜브에 검색했다. 누적 조회 수 200만 회. 영상 밑으로 댓글이 길게 달려 있었다.

- 소름 끼쳐 버림요!
- 진짜 유령 있다고? 본 사람들 말 좀 해 줘.
- 암으로 죽은 울 엄마 보고 싶어요.
- 진짜 봤어요. 저 말고 제 친구도 봤고요.
- 와! 저는 테루형을 영접하러 갑니다.
- 테루형, 그는 산 자인가? 죽은 자인가?
- 감사합니다. 잊지 않겠습니다. 당신은 나의 테느님!
- 뭐야? 하늘이랑 다이다이 뜨는 사이야?
- 무서웠냐고요? 죽으면 다 귀신 되는 거 아닙니까? 여러분! 용기 내세요.

영혼과 내세를 믿는 사람들이 모여 테루형이라는 사람을 추앙하듯 받들고 있었다. 테루형은 주로 천장이 무너질

락 말락 하는 곳에서 주문을 외쳤다. 흉가를 다니며 귀신을 부르고 출입 금지 팻말이 붙은 곳으로 들어가 중얼댔다. 가끔은 눈을 휘둥그레 뜨고 주변을 바라보거나 손으로 머리를 감싸고 소리를 질러 대면서 뛰어다녔다. 내가 보기에는 심령술사라기보다 연기자 같았다. 표정 연기 때문에 영상을 보는 재미가 있었다. 나도 모르게 빠져들어 좋아요를 누를 뻔했는데 세아가 그만 좀 보라고 다그쳤다.

"미주야."

오늘따라 세아가 좀 이상했다. 기운이 없어 보인다고 할까? 슬퍼 보인다고 할까?

"미주야."

"자꾸 내 이름 좀 부르지 마. 귀신이 부르니까 수명이 단축되는 기분이잖아."

세아가 내 눈을 똑바로 바라보았다.

"오늘 건은 취소할래."

나는 침을 꼴깍 삼키며 왜냐고 물었다.

"너무 형식적이야. 그건 관심이 아니야, 진심은 더 아니고."

양철통에 자갈 하나를 던지면 요란하게 울리는데 지금 내 심정이 딱 그랬다. 진심이라니? 그게 얼마나 어려운 일인데.

귀신이 아무리 겁박해도 안 되는 일이 있는 법이다.

"그 멧돼지 같은 놈한테 어떻게 진심을 품냐?"

나는 가장 못된 말을 골라서 하고 싶었다. 사나워지려는 감정을 누르기 위해 한숨을 길게 내쉬었다.

"김세정한테 다른 친구는 없을까? 지금이라도 다른 애를 골라 봐. 너 잘 생각해 봐. 마이너스 1과 마이너스 1을 합치면 0이 아니라 마이너스 2야. 김세정과 내가 딱 마이너스 2라고. 근데 우리가 굳이 만나야겠니?"

"미주야, 마이너스가 꼭 나쁜 거야?"

"어?"

"함께 있어서 외로움이나 슬픈 게 줄어들 수도 있잖아."

세아가 힘주어 말하자 갑자기 어디선가 찬바람이 불어오는지 한기가 들었다. 나는 팔에 돋은 소름을 어루만지며 쏘아붙였다.

"너 테루형보다 더 능력 있잖아. 근데 왜 김세정한테 안 가고 나한테 와서 이래? 너무 무서워서 내가 말 안 하려고 했는데 지난밤 꿈 말이야. 지금 떠올려도 등골이 오싹하다. 그게 꿈이라는 건 아는데 절대로 깨어나지를 못하겠는 거야. 가위눌린 것처럼."

"많이 무서웠지?"

"그래. 꿈이 하도 생생해서 깨어나서도 온몸이 아팠다니까. 산골에서 어떻게든 도망쳐 나오려는데 몸이……."

나는 말끝을 얼버무렸다. 세아는 구석에 무릎을 모으고서 웅크린 채 앉아 있었다. 검은 나무 바로 아래 앉은 세아는 오늘따라 몸피가 더 작아 보였다. 미주야, 하고 나를 부르는 음성이 떨려 나왔다.

"나도 죽고 나서야 알았어. 세정이의 어린 시절을."

어떤 말도 나오지 않았다. 꿈속에서 나는 공포와 불안에 시달리면서도 안전할 수 있었다. 실제로는 해치지 않으니까. 아무리 나쁜 꿈도 깨어나면 괜찮아지니까. 내가 그렇게 위안으로 삼았던 일이 누군가에게는 끔찍한 현실이었다니.

"난 여덟 살 때 세정이를 처음 봤어. 지금도 기억나. 엄마가 아무래도 안 되겠다면서 새벽부터 나를 깨웠어. 그리고 버스를 갈아타면서 무작정 그 시골로 찾아갔지. 그때 마당에서 혼자 놀고 있는 세정이를 봤어. 머리는 길고 키는 작고 비쩍 말라서 여자아이인 줄 알았다니까. 말도 어눌하고 행동도 어색했어. 엄마가 그길로 세정이를 데려와서 우리 셋이 함께 살았고."

세아는 작정한 듯 말을 이었다.

"며칠 전 그 시골집에 가 봤어. 할머니는 돌아가셨고 삼촌

이라는 그자 혼자 살고 있더라. 그날도 다리를 절면서 슈퍼
에 술을 사러 가는 거야. 나중에는 술에 취해서 혼자 욕하고
계속 기침하고 손 떨고. 내가 모습을 드러내니까 병든 사람
처럼 멍하니 쳐다만 보더라. 놀라지도 않아. 누구야? 하면서
입가를 씰룩거리더니 다시 술만 마셨어."

"너, 설마 혼내 주지도 않고 그냥 온 거 아니지?"

"계속 울더라."

"드라마 보면 그런 주정뱅이들은 술에 취해서 꼭 울어. 울
면서 자기가 반성하는 줄 알아. 근데 눈물도 아까워."

나는 세정이가 겪은 고통을 짐작조차 할 수 없었다. 세아
가 보았을 고통 역시 마찬가지였다. 구석에 웅크린 세아가
힘겨워 보였다. 나쁜 인간을 마주하는 일은 죽어서도 힘들
겠지…… 그를 해치울 수 있는 능력이 있다면 더 겁이 났을
지도 모른다. 나는 두 주먹을 불끈 쥐었다. 격양된 마음을 누
그러뜨리기가 쉽지 않았다.

"그래도 벌은 주고 왔어야지."

"벽에 구멍 내고 왔어. 밤에 쥐도 나오고 뱀도 나올 거야.
지붕에도 구멍 크게 뚫어 놨어."

"잘했어."

나도 모르게 통쾌한 기분이 들었다.

"미주야."

"응."

"나는 세정이한테 미안해서 못 가."

"네가 왜 미안해?"

"세정이가 어떤 마음으로 지냈는지 너무 늦게 알았어. 그것도 모르고 세정이를 미워했고."

"너도 몰랐잖아. 모르니까 그랬던 거야."

"어렸을 때는 세정이가 있어서 좋았는데 중학교에 가면서부터 달라졌어. 쿵쾅거리며 걷는 것도 말 많고 시끄러워서 나를 정신없게 만드는 것도 다 싫었어. 나중에는 발가락에 털이 있는 것도 싫고. 세정이 잘못도 아닌데 나는……."

세아는 격해지는 감정을 참으려 잠시 말을 멈추었다.

"이런 말 누구한테도 할 수 없었어. 왜 다른 애들 앞에서는 그렇게 웃고 친절했으면서 가장 가까운 세정이한테는 못되게 굴었을까. 왜 세정이한테는 더 노력을 안 했을까? 걔도 늘 혼자인데."

세아는 떨리는 음성으로 겨우 말을 마쳤다. 해가 저물고 방은 이내 어둠에 잠겼다. 고개를 푹 숙이고 있는 세아 모습이 마치 날개를 접은 한 마리의 새 같았다. 웅크린 세아의 몸이 떨렸다. 구석에 앉아 슬퍼하는 세아를 보는데 마음이 힘들었다.

"세정이를 다시 만나 볼게."

불쑥 말이 튀어나오고야 말았다. 세아가 고개를 들어 나를 쳐다보았다. 나는 웃는 건지 우는 건지 모를 표정을 조용히 지었다.

마음으로 본다는 건

　진로 수업 날, 도서실에 도착하니 김세정이 먼저 와 있었다. 놀랍게도 뜨개질을 하고 계셨다. 크고 두꺼운 손 때문인지 쥐고 있는 대바늘이 유난히 작아 보였다. 김세정은 쌕쌕거리는 숨소리와 함께 빨간색 실을 한 코 한 코 더디게 떴다. 열중했는지 어떠한 말도 하지 않았다. 도대체 뜨개질은 왜 하는 거야?

　나는 중학교 때 뜨개질 동아리에서 활동했다. 꽤 흥미를 느껴 가족들 목도리랑 할머니 조끼까지 만들어 주었다. 뜨개질에는 재능이 있다고 자부했다. 김세정의 느려 터진 손동작을 보고 있으려니 속이 터졌다. 뭘 만들고 싶은지 모르겠지만 무엇이건 완성은 불가능해 보였다. 김세정도 답답한지 한쪽 다리를 끊임없이 떨어 댔다. 김세정이 고개를 들어 맞은편에 앉은 나를 빤히 보았다. 내가 먼저 시선을 피했다. 또 눈이 마주치자 이번에는 김세정이 턱을 길게 빼고는 입 모양으로 뭐, 했다.

턱에 손을 괴고서 앞을 바라보았다. 김세정은 쉬는 시간에도 어깨를 잔뜩 수그린 채 수행하듯 뜨개질을 이어 갔다. 가만히 지켜보고 있는데, 김세정의 허벅지 위에 있던 빨간 실뭉치가 바닥으로 떨어지더니 저만치 굴러갔다. 김세정이 자리에서 일어나 주변을 두리번거리다 책상 밑으로 기어들어 갔다. 책상이 흔들거리자 몇몇 아이들이 피하듯 책상에서 물러섰다.

"뭐야!"

여자애가 소리를 지르며 벌떡 일어섰다. 모두의 시선이 한쪽으로 쏠렸다. 김세정은 책상 밑에 몸을 웅크린 채 가만히 있었다. 여자애는 김세정을 노려보다 선생님을 보았다. 선생님이 당황한 얼굴로 다가갔다.

"세정아, 이리 나와 봐."

선생님은 화를 내지 않았다. 괜찮다는 듯 달래는 목소리로 그만 나오라고 말했다. 김세정은 손에 실뭉치를 꽉 쥐고는 꼼짝하지 않았다. 주변에 있던 아이들은 어안이 벙벙한 채로 김세정을 응시했다.

선생님이 여자애와 말을 나누고 격양된 분위기가 살짝 누그러졌다. 그때까지도 김세정은 책상 밑에서 나오지 않았다. 아이들 누구도 다시 자리에 앉으려 하지 않자, 선생님은 밝은 목소리로 아이스크림을 먹으러 매점에 가자고 제안했다. 아무래도 김세정을 위해 자리를 피해 주려는 마음 같았다.

기다란 복도를 따라 걷는 동안 나는 여러 차례 뒤를 돌아다봤다. 김세정은 따라오지 않았다. 앞에서 애들이 수군거렸다.

"김세정 어제 자진해서 풀도 뽑고 6반 분리수거도 혼자 다 했대."

"왜 갑자기 전략을 바꾼 거야? 더 불쌍해 보이고 싶어서 일부러 그러는 거야?"

"난 위로해 주고 싶긴 한데 솔직히 어떻게 해 줘야 할지 모르겠어. 초등학교 때 같은 반이었거든."

"그때는 어땠어?"

"운동 잘해서 인기 많았어. 달리기를 잘했어. 근데 그때도 좀 민폐 캐릭터이기는 했어. 가만히 앉아 있지를 못했거든."

"야, 김세정이 먼 미래에 태어나면 어떨까?"

"시끄럽게 웃으면서 외계인이랑도 싸울걸. 옛날 노래 들으면서. 그런 애들이 이상한 세계에 적응은 잘할 거다."

"난 김세정이 가까이 다가오면 괜히 무섭더라. 요즘도 웃잖아. 그게 기분이 좀 이상해. 일부러 그러나 싶기도 하고. 미안한데 그냥 싫어."

아이들은 각자의 방식으로 말했다. 누군가에게 김세정은 여전히 비호감 동급생이었다. 누군가에게는 위로하고 싶지만 어려운 친구였다. 그러나 대부분은 김세정에게 깊은 관심을 두지 않았다.

세아가 나타나지 않았다면 나는 어느 쪽을 선택했을까? 누군가를 온전히 이해할 자신은 없었다. 동시에 이해받을 자신도 없었다. 결국엔 나도 관심을 두지 않는 가장 편안한 방식으로 대했겠지. 하지만 그건 가장 나쁜 선택일지도 모른다. 아무것도 바뀌지 않을 테니까.

윤이서와 멀어졌을 때 나를 쉽게 판단해 버리는 아이들이 가장 무서웠다. 나를 모르고 나와 친하지도 않은데 다들 계속 수군거렸다. 단 한 명이라도 좋으니 어떻게 된 거냐고 직접 물어봐 주기를 간절히 바랐다. 그러나 아무도 내게 깊은 관심은 보이지 않았다. 걸음을 멈추었다. 나는 조금 전에 똑똑히 보았다. 김세정은 여자애에게 일부러 피해를 주려고 했던 건 아니다. 여자애가 놀란 만큼 김세정도 놀라지는 않았을까? 나는 그대로 뒤돌아 걸음을 빨리했다.

돌아와 보니 김세정은 여전히 책상 밑에 있었다. 넓적한 등을 웅크리고서 다리 사이에 고개를 푹 파묻고 있었다. 숨을 곳을 찾는 어린애처럼 보였다.

"나 뜨개질 잘하니까 이리 줘 봐."

나도 함께 몸을 구기고 앉았다. 김세정은 가만히 나를 볼 뿐 선뜻 움직이지 않았다. 자신이 오해받았다는 사실에 예민해진 것 같았다.

"내가 고객 관리 차원에서 도와준다고."

나는 속이 터져 아랫입술을 꽉 깨물며 말했다.

책상 밑에서 나온 김세정 이마에는 땀이 송골송골 맺혀 있었다. 김세정은 마른세수를 하더니 언제 그랬냐는 듯 두 팔을 쭉 뻗으며 기지개를 켰다. 목을 좌우로 천천히 돌리며 거드름을 피웠다. 그러고는 손에 들고 있던 것을 내 쪽으로 휙 하고 내던졌다.

"목도리 좀 떠라!"

왜 명령조야, 하고 생각했지만 말은 하지 않았다. 오해받아 화가 난 줄 알았는데 다행히 김세정은 아주 멀쩡해 보였다. 생각이 좀 없어 보이기도 했다.

털실은 엉망진창으로 엉켜 있어 처음부터 다시 떠야 했다. 내가 죄다 풀어 버리자 김세정이 어, 어, 하며 안타까운 탄성을 내질렀다. 잠시 후 눈이 번쩍 뜨일 만큼 빠르게 손을 놀리니 이번에는 브라보!를 외치며 거만하게 손뼉을 두어 번 쳤다. 이 정도면 첫 번째 미션은 성공이겠지. 나는 너에게 관심이 아주 많다. 많을 것이다. 많아질 것이다. 나는 빠르게 코를 잡으며 주문을 외우듯 속으로 중얼거렸다.

"역시 좋은 실이라 그런가. 테루형 진짜 최고다. 잠깐만."

김세정이 내 얼굴 가까이에 휴대폰을 들이밀었다. 전에 말한 테루형이 등장했다. 별거 없이 그가 뜨개질을 하는 영상인데 자막이 눈에 띄었다.

'빨간 목도리를 뜨라! 심령술사의 정언 명령!'

나는 휴대폰을 뺏어서 규칙을 따라 읽었다.

"착하게 살수록 영혼을 만나는 시간은 빨라집니다."

뭔 얼빠진 소리인가 싶은데 줄줄이 댓글이 달려 있었다.

– 따르겠나이다.

– 당신만 믿습니다. 도와주세요.

– 어젯밤 드디어 그를 만났어요.

한숨이 나왔다. 김세정이 혼자 분리수거를 하고 풀을 뽑은 이유가 여기 있었군. 한편으론 세상에 이렇게나 많은 사람이 김세정과 같은 마음으로 한 채널에 모여 있다는 게 신기해서 이게 또 뭔가 싶었다.

"너 뜨개질은 영혼과 연결한다. 아 근데 이놈의 손이랑 머리가 배우고 또 배워도 안 따라가."

김세정은 제 손으로 제 머리를 때렸다. 다 때리고 나서는 괜찮은지 살피듯 머리를 천천히 한 바퀴 돌렸다. 그러고는 아, 근데! 하면서 말을 꺼냈다.

"우리 형님 멋지지? 너를 딱 내 앞에 보내 주고. 내가 열나게 기도했어. 아 진짜 감동."

"조용히 좀 해라."

"그래. 절대 방해하면 안 돼."

김세정은 얼빠진 애처럼 제 손으로 제 입을 두어 번 때렸다. 평온한 표정으로 다시 테루형 영상을 보더니 혼자 크크 웃어 댔다. 웃음 끝에는 거칠게 쌕쌕거렸다. 숨소리도 웃음소리도 모두 컸다.

뜨개질 속도를 더 내고 싶은데 싸구려 실이 자꾸만 바늘에서 빠져나갔다.

"실이라도 비싼 걸 살 것이지."

"그 실, 돈으로 따지면 안 돼."

"어디서 샀는데?"

"테루형."

"너, 이거 얼마 줬어? 솔직히 말해."

"안 돼. 그런 거 알려 주면 부정 탄다 하셨어."

"아 진짜, 말을 말자."

"그냥 말해."

말을 하면 믿기나 할까? 네가 심령술사에게 집착하는 이유가 세아를 만나기 위해서라면 나는 이미 세아를 만나고 있다는 말을. 그러니 테루형에게 돈을 갖다 바치는 일은 제발 그만두라고 하면 과연 믿을까? 아니지, 절대 아니지. 테루형은 조회 수가 기본 200만이고 구독자가 12만 명이다. 반면 나는 혼자다. 아무리 내가 열심히 설명하고 우겨 봐야 테루형을 믿고, 나는 거짓말쟁이 취급이나 받을 게 뻔했다. 고개를 세차게 흔들었다.

"너 언제까지 떠 줄 수 있어?"

"내일 학교 끝나고 후문 앞에 있는 놀이터로 와."

복도에서 아이들 소리가 들려와서 나는 실뭉치를 얼른 가방에 감추었다.

나는 집에 오자마자 뜨개질을 이어 갔다. 조용히 집중하고 싶은 바람과 달리 거실에서 동생들이 싸우고 있었다. 이놈의 집구석은 도무지 편안할 때가 없다. 내 소원은 조용한 집과 내 방이다.

작년부터 이모 집에 잘 가지 않았다. 이모가 함께 밥 먹자고 하면 어떻게든 핑계를 댔다. 이모는 고등학생이면 바쁠 때라며 내가 불편하지 않도록 얼른 다른 화제로 말을 돌렸다. 그 애들과 멀어지면서 이모하고도 점점 멀어졌다. 그 애들 때문은 아니었다. 불행한 일은 기다렸다는 듯 동시에 찾아온다.

작년 가을이었다. 할머니가 나를 이모로 착각하고 그만 비밀을 말해 버렸다.

"인희야, 그건 네 탓이 아니다."

이모가 아기를 잃은 일을 두고 한 말이었다. 살아 있었다면 나와 동갑내기 사촌이 되었겠지만 안타깝게도 그 아이는 두 살 때 병으로 죽었다. 나는 그 일을 전혀 몰랐다.

뜻밖의 비밀을 알게 되면서 이모와 이모부에게 묘한 배신감을 느꼈다. 내가 진짜 자식을 대신해 주는 고작 그런 존재였다니. 두 사람을 이해해 보려 했지만 이해할 수 없었다. 한동안 혼자라는 외로움에 빠져들었다. 부모에게는 나중을 위해 잠시 다른 곳에 맡겨 두어야 하는 짐 같은 자식, 동생들에게는 자주 따돌림받는 누나, 할머니에게는 기억에 따라 대체 가능한 손주……. 누구도 나를 온전히 좋아하지 않는 것 같았다. 가족들을 생각하면 화가 나다가도 덜컥 겁이 났다.

밖에선 싸움을 멈출 기미가 보이지 않았다. 둘은 지나치게 친밀해서 문제였다. 너무 좋아해서 자주 화가 나는 걸까? 나는 일어나 조용히 하라고 소리치려다가 도로 주저앉았다. 어차피 소용없었다.

작년 여름에는 싸움 끝에 둘째가 왼쪽 다리를 다쳤고 막내도 오른팔을 다쳤다. 둘은 한동안 깁스를 하고 다녔다. 웬일인지 둘째가 어디를 가야 할 때면 막내가 부축해 주고, 막내가 글씨를 써야 하면 둘째가 대신 작성해 주었다. 서로에게 한쪽 다리와 손이 되어 주는가 싶더니, 여름이 끝날 무렵 깁스를 풀고는 다시 싸우기 일쑤였다.

나는 플레이리스트에서 잔잔한 발라드 음악을 재생했다. 익숙한 노래가 안정감을 주었다. 바깥을 차분히 무시하고서 뜨개질을 이어 갔다.

"너 뜨개질 좀 한다."

세아가 바짝 다가와 앉았다.

귀신이 문을 열고 들어오는 것도 이상하지만 이렇게 불쑥 나타나는 것도 편치 않았다. 나는 아는 척하지 않고 계속 뜨개질에만 집중했다.

"세정이랑 가까이서 이야기해 보니 어때? 멀리서 봤을 때랑 다르지?"

"나 오늘은 관심 제대로 줬다. 게다가 지금 노역까지 하는 거 보이지, 오백 원 때문에 이게 뭐냐?"

지난번처럼 또 진심이 아니라고 하면 곤란했다. 나는 부러 목소리를 높였다.

"이제 두 번 남았네."

세아가 대견하다는 눈빛으로 나를 바라보다 혼자 흐흐흐, 웃었다.

"근데 동생들은 왜 싸우는 거야?"

세아는 걱정이 되는지 닫힌 방문을 바라보며 물었다.

"막내 혼자 있고 싶은데 둘째가 자꾸 말을 시켰다는 이유로 싸우는 중."

"나도 세정이랑 많이 싸웠는데. 옆에서 소리 안 나게 웃었다고 싸우고, 어떤 날은 내가 글씨 쓰는 걸 봤다는 이유로도 싸웠어. 진짜 별것도 아닌 일로 싸웠다니까."

나는 손을 바삐 움직이면서 한쪽 귀는 열어 두었다.

"엄마는 식당에서 일하느라 늘 바빴어. 그래서 단둘이 지낼 때가 많았거든. 엄마가 있든 없든 시간표대로 공부하고 텔레비전을 보고 청소도 하고. 그때 말이야, 세정이가 이응을 쓰는데 자꾸 시계 방향으로 쓰는 거야. 나는 시계 반대 방향으로 써야 한다고 막 혼냈다. 지금 생각해 보면 그게 뭐라고 소리를 질렀나 몰라. 입 주변에 음식 묻히면서 먹는다고 신경질 내고."

세아는 참았던 말을 쏟아 내듯 이야기를 이어 갔다.

"근데 생각해 보면 세정이가 어른 같을 때가 더 많았어. 한 번은 도둑맞은 자전거를 세정이가 찾아온 적 있거든. 낡은 자전거여도 누가 훔쳐 가니까 정말 속상한 거야. 세정이가 한 달 내내 동네를 뒤져서 도둑을 찾아내더라. 너 저기 아파트 단지 뒷동네 가 봤어?"

나는 바늘에 걸린 실을 손가락으로 눌러 고정하면서 고개를 저었다.

"나 정말 놀랐다. 아직도 화장실을 여러 집이 공용으로 쓰는 그런 곳이 있어. 암튼 거기 내 자전거가 떡하니 있는 거야. 그래서 우리 둘이 도둑을 잡아서 막 따졌거든. 그렇게 자전거를 찾아서 돌아오는데 꼭 뺏은 것처럼 마음이 안 좋더라. 우리 또래였는데, 내 자전거를 타고 알바를 다니고 있었거든. 그래서 내가 돌아가서 자전거 그냥 주자고 했더니 세정이가 그러면 안 된다는 거야."

"왜?"

"그 아이가 동정받기를 원하지 않을 거라고."

"그래서 어떻게 했어?"

"세정이가 자전거는 나도 필요하고 그 아이도 필요하니까 둘이 같이 쓰라 그랬어."

"같이?"

"응. 이 년 정도 됐어. 자물쇠 비번 공유하고 자전거는 무조건 엘마트 앞에 세워 둬. 어제 보니까 앞바퀴 바람이 빠졌길래 내가 넣어 놨어. 안장도 다 찢어졌길래 오늘은 종일 여기저기 돌아다녔지. 멀쩡한 자전거를 누가 버렸길래 안장만 쏙 빼 와서 달아 놨어. 너도 자전거 필요하면 써."

"너 되게 바쁘겠다."

"놀 시간이 없네."

"난 죽으면 쇼핑만 해야지."

"혼자 노는 건 재미없는데……."

"궁금해서 그러는데 쇼핑만 하고 돌아다니는 령도 있어?"

"령들은 좋아하던 사람 곁에 최대한 머물고 싶어 해."

세아는 내 침대에 팔을 베고서 누웠다. 몸이 약간 떠 있는 것 같기도 했다. 사람보다는 약간 투명해 보였는데 형광등

탓인지도 몰랐다.

"세정이는 좀 달라. 특별한 건 아니고 세정이는 그냥 세정이답달까. 꼴찌만 열세 번 한 야구팀을 응원하고, 덩치는 산만 한데 달팽이 같은 작은 애들을 좋아해. 또 옛날 배우만 좋아해. 장국영이던가."

"아비정전에 나오잖아! 난닝구 차림의 맘보춤! 빠바밥빠밥."

나도 모르게 목소리가 커졌다. 장국영을 아는 애를 만나다니 이건 놀라운 일이었다.

"미주 너도 아는구나. 신기하다."

"그 영화에서 장국영의 눈빛은 정말."

나는 잠시 뜨개질을 멈추고 두 손을 모아 내 가슴에 대고 말했다.

"난 그 뜨거운 눈빛에 푹 안겨 버렸다니까."

"너 되게 말 재밌게 한다. 진짜 좋아하는구나."

세아가 나를 향해 웃었다. 김세정이 레트로 영화를 좋아한다니 놀라움 그 자체였다.

나는 이상하게 20세기 영화와 노래가 좋았다. 특히 세상을 떠난 사람이 부른 노래를 듣다 보면 나쁜 감정이 차분하게 내려앉으며 다른 세계로 건너가는 기분이 들었다. 하지만 이런 이야기를 누구에게도 자신 있게 말할 수 없었다.

"김세아, 나 뭐 하나 물어봐도 돼?"

"뭐든."

나는 바늘을 가만히 쥐었다. 다시금 한 코 두 코 이어 가다 세아를 향해 고개를 들었다.

"죽은 다음에 뭐가 제일 억울해?"

"많지."

"그중에서도?"

"키스를 못 하고 죽었어."

"아쉽겠네."

"넌 해 봤어?"

"해 봤지."

"느낌이 어때?"

"아직도 생생해. 그 애가 다가왔을 때 나는 까치발을 했어. 그 애 얼굴에 가까이 닿으려고. 우리의 입술이 만나고 천천히 입 안에서 혀가 움직였지. 마치 바닷속으로 막 뛰어드는 느낌이야. 나는 서프보드에 잽싸게 올라타서 망망대해에서 힘차게 파도를 넘었어. 능숙하게 보드를 조정하면서 가볍게 물결을 타듯 바다를 누볐지. 내 몸은 점점 부드러워지고 우리는 싫증 나는 줄도 모르고 계속 그 일을 반복하는 거야."

나는 실뭉치를 가슴으로 꽉 껴안았다. 턱 끝부터 코끝까지 간질거렸다. 그런 내 모습을 보며 세아가 말했다.

"너, 거짓말이지?"

"진짜야."

"아예 시를 써라."

"됐어."

"홍미주 너, 연애는 해 봤냐?"

"야!"

세아와 나는 눈을 맞추며 한동안 키득거렸다.

"미주 너랑 이런 이야기 하니까 좋다."

세아가 혼잣말하듯 중얼거렸다. 나는 괜히 목도리 길이를 가늠하는 척 양팔을 벌려 보았다.

"박지현도 그렇게 못된 애 아니야. 이여울도 그렇고. 너한테 곧잘 말도 걸던데. 그 애들과 가까이 지내 보는 건 어때?"

"걔들은 늘 붙어 다니잖아. 거기에는 끼고 싶지 않아."

"맞아, 무리 안에 있어도 힘들지. 가끔은 이기적인 애들이 밉기도 했는데 지금은 다 보고 싶다. 박지현도 이여울도."

"근데 왜 걔들이 아니고 나야?"

"내가 너한테 오백 원 빌려준 게 나한테는 가장 소중한 기억이라서. 근데 넌 기억도 못 하잖아."

"그냥 말해 주면 안 되냐?"

"내 기억까지 하찮게 생각하는 것 같아서 싫어."

도대체 언제 어디서 빌린 거야……. 빌린 건 확실하겠지. 나는 중얼거리며 열심히 손을 놀렸다. 빨간 실뭉치가 확연히 줄어들었다.

방 밖이 조용한가 싶더니 기어이 막내가 울음을 터트렸다. 힘이 센 둘째에게 한 대 얻어맞은 모양이었다. 일어나 방문을 열자 막내와 눈이 마주쳤다. 막내가 내 품에 와락 안겨들더니 서럽게 울기 시작했다. 나는 얼결에 눈물범벅이 된 막내의 얼굴을 손으로 닦아 주었다. 그러자 둘째도 달려들어 내 등을 껴안았다. 방에선 노랫소리가 울리고, 나를 부둥켜안은 동생들은 더 서럽게 울어 댔다. 오늘의 싸움도 끝이 났다.

방으로 돌아오니 빨간 목도리가 곱게 개켜져 책상에 놓여 있었다. 세아는 사라지고 없었다.

내가 아는 달팽이

학교가 끝나고 후문 쪽 놀이터로 향했다. 김세정은 무릎을 쭈그리고 앉아 땅을 가만히 내려다보고 있었다. 비가 그친 지 얼마 지나지 않아 바닥이 축축했다. 가까이 다가갔지만 무언가를 관찰하느라 나를 알은체도 하지 않았다. 나도 호기심에 등을 굽혀 흙바닥을 보았다. 윤기가 흐르는 우윳빛 몸에 갈색과 적갈색이 섞인 껍데기를 지닌 달팽이가 있었다. 달걀보다 작은 달팽이가 김세정 주변을 돌아다녔다.

"이 달팽이 좀 이상해."

"왜?"

"내가 아는 애 같아."

"근거는 있어?"

"아까부터 떠나지를 않아. 나를 좋아하는 것 같아."

정말이지 보드랍고 연약한 달팽이는 김세정을 향해 기어가고 있었다.

김세정이 손바닥에 달팽이를 올려놓았다. 달팽이는 우윳빛 점액을 내뿜으며 숨구멍을 오므렸다. 기다랗고 부드러운 몸을 천천히 움직여 미끄러지듯 손목을 타고 넘었다. 끈덕지게 김세정 어깨를 향해 기어올랐다.

"너 저기로 가 봐."

내가 멀리 손을 뻗자 김세정이 달팽이를 조심스레 땅에 내려놓고 뒷걸음질을 쳤다. 열 걸음 정도 물러났다. 달팽이는 끊임없이 점액을 내뱉으며 서두르거나 멈추는 법 없이 행진을 시작했다.

나는 두리번거리다 등나무 아래 벤치에 가 앉았다. 김세정은 철봉 기둥에 비스듬히 기대어 서서 달팽이를 바라보았다. 달팽이가 도착하려면 한참은 걸릴 듯했다. 나도 응원하는 마음으로 달팽이를 잠시 바라보다 김세정 쪽으로 시선을 돌렸다. 교복이 아니라 추리닝 차림에 슬리퍼를 신고 있었다. 한쪽 손목에는 붕대를 감은 채로.

"팔은 왜 그래?"

"......"

"너, 오늘 학교 안 왔어?"

김세정은 대답 대신 고개를 삐딱하게 기울이고서 눈살을 찌푸리며 하품을 했다.

마음의 변화가 있었던 게 분명했다. 나는 병원에 가야 하는 거 아니냐고 물으려다 말을 돌렸다.

"너 달팽이 키운 적 있다면서. 이름이 뭐였어?"

"개나리."

"개나리?"

"내가 어릴 적에 욕을 잘했거든. 암튼 세아가 욕하고 싶을 때마다 개나리라고 말하랬어."

"그럼 너 달팽이한테 욕한 거임?"

"개는 소리를 안 내잖아. 그니까 이름 부를 일은 없었어."

"야, 개나리 이리 와 봐."

달팽이를 개나리라고 부르니까 재미있었다. 누군가 정해 놓은 규칙을 무시하니 기분이 묘했다. 나는 두 다리를 동동거리며 개나리를 불렀다.

"근데 나 달팽이 키운 거 어떻게 알았어?"

"세아가 말해 줬어."

세아가? 하고 되묻는 김세정의 눈동자가 커졌다.

"그것만 말했겠니."

"그럼 또 뭐, 뭐?"

"너 장국영 좋아해?"

"세아가 진짜 장국영 이야기를 했어?"

김세정이 이쪽으로 오려고 해서 나는 다급히 소리쳤다.

"안 돼. 거기서 기다려야지."

"맞다."

김세정은 다시 철봉 기둥에 몸을 붙이고 섰다. 우리는 달팽이가 진짜 철봉 쪽으로 가는지 지켜보았다. 딱히 할 말도 없었다. 다만 너무 일찍 헤어지면 세아가 또 취소할지 모르니까 어떻게든 시간을 채워야 했다.

"너…… 팔 다친 거 아니지?"

내 물음에 김세정은 딴청을 피웠다. 시선을 피하는 김세정의 얼굴은 조금 전과 달랐다. 그냥 모르는 척할걸. 뒤늦게 후회했다.

김세정은 사고 현장에 있었다. 위험을 발견했을 때 일은 이미 벌어진 다음이었을 터다. 누구도 막을 수 없는 불행한 사고였다. 누구의 잘못도 아닌데 김세정은 끊임없이 다른 결과들을 생각하며 혼자서 괴로워하고 있는 걸까? 세아를 잃은 고통에 비하면 제 손목에 스스로 가한 고통은 작고 보잘것없기라도 한 것처럼.

그날 누군가 김세정의 눈을 가려 주었다면……. 아빠는 나보다 먼저 사고 현장을 목격했다. 그리고 길 건너에 있는 나를 보고는 곧장 차를 유턴했다. 내가 보지 못하도록 막은 거다. 아빠는 우리 학교 교복을 입은 여자애가 바닥에 쓰러져 있는 것을 보고는 가슴이 철렁 내려앉아서 아무렇게나 차를 세우고 달려가 보았다고 했다. 내가 아니라는 사실에 잠시 안도했지만 그렇다고 다행이라는 생각은 들지 않았다고. 그래서 나를 보고도 아무런 말을 할 수 없었다고.

갑자기 놀이터에 모래바람이 일었다. 김세정은 놀이터 주변을 정신없이 돌았다. 붕대가 감긴 한쪽 팔을 심하게 떨면서 괴성을 지르며 뛰었다. 슬픔에 잠식당하지 않기 위한 몸부림처럼 느껴졌다. 김세정은 어떤 순간에는 지나치게 밝고 어떤 순간에는 어두운 감정의 밑바닥까지 내려가 괴로워하고 있는 것 같았다. 자신도 얼마나 힘든 줄 모르는 채로 버티고 있는 건 아닐까? 나는 말리지 않고 그 모습을 가만히 지켜보았다. 지금 내가 해 줄 수 있는 유일한 일이었다.

다행히 얼마 지나지 않아 김세정은 철봉으로 돌아왔다. 그러고는 숨을 크게 몰아쉬었다. 나는 가방에서 빨간 목도리를 꺼냈다. 다가가 내밀자 김세정은 금세 감격에 찬 표정을 지으며 목에 둘렀다. 그 순간 나는 당황해서 눈을 어디에 둬야 할지 몰랐다. 어쩌면 김세정은 생각이 없는 게 아니라 감정을 지우고 있는 건 아닐까.

우리는 함께 장국영 영상을 찾아봤다. 그는 무대에서 밝고 행복하게 노래를 하고 있었다.

"만우절에 죽다니 너무했어."

"그건 그래. 모든 게 거짓말 같잖아."

김세정 말에 나는 바로 응수했다. 노래를 듣고 있는데 갑자기 예전에 키웠던 물고기가 생각났다.

"내가 거피라는 물고기를 키웠거든. 어느 날 아침에 일어나 보니까 어항 속에 둥둥 떠 있는 거야. 그래서 조심스레 손바닥으로 건져 올려서 변기에 넣었어. 그런데 거피가 꼬리를 흔들면서 변기 안을 유유히 한 바퀴 돌더라."

"살아서?"

"그게 막내가 변기 버튼을 눌러 버리는 바람에 살았는지 죽었는지를 확인 못 했어."

"변기 물에 움직였네."

"음, 그때 그런 생각이 들더라. 우리 거피가 다른 세계로 간 건 아닐까 하는. 어항에서 변기로 하수구로 강물로 바다로 건너간 거지, 죽은 건 절대 아니라고."

나는 말이 많아지고 있었다.

"그러니까 장국영도 텔레비전에서 우주로 갔을 거야. 지금 여기에 없을 뿐이야."

우리는 동시에 하늘을 올려다봤다. 비가 갠 하늘은 드높고 쾌청했다. 구름 한 점 없이 깨끗한 하늘을 물끄러미 쳐다보다 발아래를 보았다. 나는 큰 소리로 외쳤다.

"야! 너 발밑에 봐 봐."

우리는 머리를 맞대고 땅바닥을 내려다보았다.

"신기하지?"

"신기하다."

달팽이는 김세정 가까이에 도착해 있었다. 끈끈한 점액을 뿜어내며 자유롭게 흘러가듯 기어 오더니 우리를 향해 촉수를 브이 자 모양으로 벌렸다.

"너 계속 휴대폰만 볼 거야?"

세아가 심심하다며 투덜거렸다. 지난주에 진로 선생님이 과제를 내 주었다. 무엇을 하며 살고 싶은지 자신에게 질문해 보라고 했다. 예전에는 돈을 많이 벌어서 흥청망청 쓰고 싶었다. 돈에 대한 복수랄까. 요즘에는 돈은 도구와 비슷하다는 생각이 들었다. 삶을 살아가는 도구는 되겠지만 목표

나 방향은 될 수 없지 않나? 진지하게 그런 고민을 하고 있는데 곁에서 세아가 자꾸만 방해했다.

"지하철을 타면 사람들이 휴대폰만 보잖아. 가만히 보고 있으면 이상해. 사이버 세상에 빠져 있는 그 모습이랑 령들의 초점 없는 동공이 뭐가 다른지 모르겠어. 한번은 내가 맞은편에 앉은 여자애랑 눈이 딱 마주친 거야. 한참을 봤는데 눈이 안개 속처럼 뿌옇게 흐릿해서 당연히 령인 줄 알았다니까. 지금 네 눈깔이 딱 그래."

나는 책상에 머리를 박고 신음을 토해 냈다. 세아는 너무 시끄럽다.

"폰으로 자료 찾는 거야."

"진로를 폰에서 찾는 사람이 어디 있어?"

"여기."

"너는 거짓말을 잘하니까 그걸 좀 제대로 해 봐. 작가 하면 되겠네."

고개를 들어 세아를 노려보았다.

"나 그냥 잘래."

피곤했다. 자려고 누웠는데 세아가 이불 속으로 쏙 들어왔다. 본래 체구가 작아서 그런가? 아니면 죽어서 그런가? 몸피가 느껴지지 않았다. 여름인데도 한기가 든 것처럼 으슬으슬 춥기는 했다. 영화에서 그런 장면을 본 탓인지도 몰랐다.

"오늘은 뭐 했냐?"

"요즘은 계속 아이돌 공연장 돌아다녀. 코로나 풀리고 줄줄이 하더라."

"예매도 힘든데 넌 공짜로 보니 좋겠다."

"기본 브이아이피 아니면 프리미엄 좌석이지."

"공연 끝나고 오느라 늦었구나. 할머니가 너 기다리다 혼자 화투 쳤어. 재미없다고 잔뜩 신경질만 내다 잠드셨어."

"으음, 그 아이돌이 앵콜을 세 번이나 받아 주더라고."

"야, 나 오늘 세정이 만났어. 두 번째 미션 클리어다."

얄밉기도 하고 부럽기도 해서 퉁명스레 내뱉었다.

할머니의 고른 숨소리가 들려왔다. 나도 졸음이 몰려왔다. 오늘 밤 꿈에는 장국영이 나오면 좋을 것 같다. 세아에게 말하면 주문도 가능하나?

이불 속에서 세아가 노래를 흥얼거렸다. 아직은 잠들기 싫은데 자꾸만 잠 속으로 빠져들었다. 저 멀리 아득한 곳에서 세아가 다정하게 속삭였다.

- 책을 읽을 때 말이야, 마음으로 읽으면 마음으로 다가오잖아. 세정이도 그렇게 봐 봐.

- 뭐래, 넌 또 어디 가?

- 미주 너는 아직 몰라도 돼. 알려면 백 년은 더 걸릴 거야.

- 와, 백 년은 안 살고 싶어. 넌 노래를 잘 부르니까 가수 해도 좋았겠네.

우리의 대화는 소리가 아닌 마음으로 이어졌다. 마치 심해 속에서 서로를 마주 보며 나누는 그런 낯설고도 신비로운 순간이었다. 나는 눈을 뜰 수 없지만 분명 눈을 뜨고 있다. 세아와 더 이야기를 나누고 싶었다.

내가 잠들면 세아는 어디론가 떠났다. 그곳은 어디일까? 하늘도 땅도 없지만 네모반듯한 창들이 여러 개 있고 차가운 유리 바닥 광장에 수많은 령이 모여 있는 그런 공간일까? 버튼 하나로 벚꽃 비가 내리는 아름다운 세상을 연출하고, 어디선가 나타난 괴물이 마을에 불을 질러 폐허로 만들어 버리기도 하는 곳. 광장 하늘에 거대한 퀘스트 창이 뜨면 누군가가 순식간에 사라지고 또 나타나는 그런 세계. 익숙한 게임 세계가 떠올랐다. 그런 공간을 떠올려야만 슬프지 않았다. 거피가 사라진 게 아니라 다른 공간으로 이동했다고 믿고 싶은 것처럼, 세아도 이곳이 아닌 다른 곳으로 건너갔을 뿐이라고.

여기가 어디일까 생각하고 있을 때였다. 나는 자그만 마을버스를 타고 종점에 내렸다. 그리고 정처 없이 거리를 걸어 다니다 교복을 입은 작은 여자애를 발견했다. 낯익은 뒷모습, 나는 그 뒤를 따라갔다.

세아는 골목길로 들어갔다. 어두운 밤이지만 우리 동네라 익숙했다. 세아는 한 주택 앞에서 멈춰 섰다. 그 집에서 나지막이 어떤 소리가 들려왔다. 한 여자가 어둠 속에서 울음을 삼킨 채 중얼중얼 기도를 했다. 다른 방에선 슬픈 음악이 반복해서 재생되었다.

밤이 깊었다. 나는 세아 뒤에 한참 동안 서 있었다. 넌 잠들 수 없는 거니? 너는 또 투명하고 차가운 광장을 혼자서 둥둥 떠다니는 거니? 그건 너무 외롭잖아. 세아를 그만 재우고 싶었다. 혼자 떠도는 세아는 얼어붙은 겨울 바다였다가 힘차게 밀려오는 파도였다가 갇혀 버린 별 같았다.

등짝

주번이라 쓰레기를 비우고 와서 도서실에 제일 늦게 도착
했다. 내가 자리에 앉자 수업이 바로 시작되었다. 진로 선생
님은 바른 자세로 앉은 김세정을 향해 미소를 지어 보였다.
김세정은 나를 보며 오른쪽 어깨를 으쓱해서 귀 가까이에
들었다 놓았다. 뭐지? 인사 대신인가, 아니면 특별한 수신호
같은 건가? 나는 눈길을 돌렸다가 다시 힐끔 봤다. 김세정이
한 번 더 어깨를 들어 올렸다 내려놓았다.

쉬는 시간에 휴대폰을 만지작대는데 옆에 앉은 박지현이
귀 가까이에 대고 물었다.

"너 김세정이랑 친해?"

고개를 들자 맞은편에 앉은 김세정이 나를 보며 히죽 웃었다. 애써 무시했지만 조금 전부터 확연히 느낄 수 있었다. 김세정과 나를 번갈아 보는 애들의 시선을. 부끄러움에 얼굴이 홧홧 달아올랐다.

"미주야, 김세정이 너 부르는 것 같아."

박지현이 내 어깨를 툭 쳤다. 가슴속에서 조용히 들끓던 화가 폭발하고 말았다. 나는 도저히 안 되겠다 싶어 자리에서 일어났다. 걸음을 빨리해 도서실을 빠져나오는데 김세정도 뒤따라 나왔다.

"야, 있잖아."

"왜?"

나는 일부러 야멸차게 말했다. 김세정은 할 말이 있다는 표정으로 서 있었다.

"어디 가?"

김세정은 너무도 큰 목소리로 외쳤다. 마치 모두에게 다 들고 따라오라는 듯.

나는 주먹을 꽉 쥐었다. 눈치 없는 김세정을 사람이 아니라 멧돼지나 고슴도치라고 생각하자. 그래야 미워하지 않을 수 있지. 나는 쓰레기 소각장 앞에서 걸음을 멈췄다. 다행히 아무도 없었다. 김세정을 향해 돌아섰다.

"난 스타일을 중요하게 생각해. 스타일은 자기만의 규칙으로 형태를 만든다고. 어지럽고 지루한 삶에서 나를 구원하는 게 바로 스타일이야. 다시 말해 내 몸은 하나뿐이어서 오늘 내가 걸칠 수 있는 옷과 신발도 하나뿐이라고. 그러니까 나를 드러내려면 선택해야만 해. 그게 바로 스타일이야. 학교에서 내 스타일이 있고 그걸 지키고 싶어."

"뭔 소리냐."

"내 이야기가 어렵지?"

"그게 아니라 너 스타일 별로잖아."

"……."

"너 맨날 혼자 다니잖아."

김세정은 표정 변화도 없이 말을 툭 내뱉었다. 있는 사실을 그대로. 흥분해서 스타일을 토로하던 나는 입을 꾹 다물었다.

그때 수업 시작종이 울렸다. 김세정이 먼저 도서실로 뛰어갔다. 나는 생각이 복잡해져서 뛰어갈 기운이 나지 않았다. 김세정이 싫은가? 며칠 지내 보니 그건 아니었다. 김세정 스타일이 마음에 안 드나? 나는 김세정을 잘 모르는데. 혼자 다니는 게 내가 원하는 스타일인가? 무거워진 고개를 수그리고 천천히 걸었다.

수업이 시작되자 선생님이 칠판에 한자 人을 크게 썼다.

"어떻게 보여요?

"다리 벌리고 서 있는 사람이요."

"걸어가는 사람 같아요."

선생님 질문에 아이들은 농담처럼 이런저런 대답을 했다.

"사람 인은 상형 문자죠. 보이는 것에 담긴 보이지 않는 의미를 생각해 보세요. 그러면 무심코 여기던 것들이 새롭게 보여요."

아이들은 단순해 보이는 글자를 뚫어지도록 바라보았다. 무언가를 찾아내려는 듯이 숨을 죽였다. 침묵을 깨고 김세정이 말했다.

"둘이 꼭 등짝을 기대고 있는 것 같아요."

아이들은 비웃지 않았다. 선생님이 흐뭇한 미소를 지으며 말했다.

"사람 인에는 사람과 사람이 기대어 살아야 한다는 의미도 함께 담겨 있어요. 세정이 말처럼 선생님 눈에도 두 사람이 서로에게 기대고 서 있는 모습으로 보이네요. 여러분은 안 그래요?"

선생님은 인디언 속담을 빌려 와 친구란 내 슬픔을 등에 지고 가는 자라고 덧붙였다. 그러니 등을 기대고 등을 내어 주면서 친구가 되는 거라고…….

김세정은 문제를 맞힌 게 자랑인 양 흡족하게 웃더니 난데없이 자리에서 벌떡 일어났다. 우리를 보고 자신의 넓은 등을 으쓱거리다 자리에 앉았다. 모두가 크게 웃었다. 김세정 때문에 밝아진 분위기가 어색해서 나는 고개를 돌렸다. 창밖으로 구름이 천천히 흘러갔다.

"세정이는 하고 싶은 꿈에 대해 생각해 봤니?"

선생님은 지난주 숙제로 화제를 넘겼다. 김세정이 큰 소리로 대답했다.

"제빵사요."

"왜 제빵사가 되고 싶어?"

"냄새가 좋잖아요."

"맞아. 부드러운 빵의 촉감도 좋고. 제빵사 되면 제일 먼저 무슨 빵 만들고 싶니?"

"땅콩버터 소보로요."

"좋아하니?"

"저 말고요."

선생님은 더는 질문하지 않았다. 다음은 내 차례였다. 나는 아직은 내가 되고 싶은 꿈을 말할 용기가 나지 않았다. 선생님은 나를 향해 말없이 미소를 지었다.

"다음에 알려 주렴."

때마침 종이 울렸다. 아이들이 다 빠져나간 뒤에 천천히 도서실을 나왔다. 조용한 운동장을 가로질러 교문에 다다르니 김세정이 서 있었다. 한여름에 빨간 목도리를 두르고. 광대도 아니고 정말! 나는 또 걸음을 빨리했다.

"저기 너 시간 있냐?"

"없지."

"같이 가야 하는데."

김세정이 바짝 따라붙었다.

"어딜?"

"그러니까 그게 있잖아. 아 거기, 우리 테루형은 진짜 신성한 분이거든."

나는 두서없이 이어지는 김세정의 말을 한참을 들었다. 정리하자면 이랬다. 김세정은 테루형에게 특별히 선택받아서 어젯밤 채팅을 주고받았는데, 그 내용인즉슨 뜨개질에 내 영혼이 얽혀서 나도 함께 그곳에 가야 한다는 얼토당토않은 이야기였다.

"저기, 거기를 같이 좀 가자."

"미쳤냐? 내가 왜 너 따라 사이비 교회까지 가."

"너 말 그렇게 하지 마. 나도 겁나 머리 아파. 근데 안 멀어,

거기."

"거기가 도대체 어딘데?"

김세정은 테루형이 있다는 교회 위치를 보여 주며 정신없이 설명했다. 결론은 버스를 한 번만 타면 되는데 종점까지는 가야 했다.

"나 벌써 예약금 다 냈단 말이다."

"돈을 냈다고? 얼마를?"

"알려 주면 부정 탄다 하셨다."

"너 바보냐, 왜 돈까지 내!"

나도 모르게 소리를 버럭 질렀다. 이건 보이스 피싱이나 다름없다고 아무리 설명해도 김세정은 어쩌라고, 하는 눈빛으로 하늘만 쳐다보았다.

답답한 마음에 무작정 걸어갔다. 오래 가지 못하고 건널목 붉은 신호에 걸려 멈춰 섰다. 신호는 왜 이렇게 안 바뀌는 거야. 김세정은 적잖은 돈을 보낸 게 분명했다. 누군가의 슬픔을 이용해 돈을 벌다니. 그건 범죄다. 불길한 예감처럼 신호등 불빛이 깜박거렸다. 마지막 미션으로 같이 가 줄까 하다가도 굳이 거기까지는 갈 필요가 없지 않나, 싶었다.

하지만 건널목을 지나자 생각이 아예 바뀌었다. 테루형은 세아를 어떻게 불러낼까? 주문을 외우나? 아니면 어떤 의식

같은 걸 하나? 세아가 나한테 올 때처럼 느닷없이 나타날지 궁금해졌다. 한번 가서 확인해 보자. 내 쪽에서 겁날 게 뭐가 있겠어. 김세정이 돈도 다 냈다는데 난 재미난 구경만 하면 되는 거 아닌가.

"버스 타고 간다고?"

김세정이 고개를 크게 끄덕였다. 간절한 눈빛으로 나를 끈덕지게 바라보았다. 그래, 또 모르지. 이 기회에 나도 돈 벌 방법을 찾을지도. 따져 볼수록 테루형을 직접 봐서 손해 볼 게 없었다. 까짓것, 마지막 미션이니까 좀 멀리 가 보자.

"가자며."

내가 앞장서자 김세정이 뒤따랐다. 한낮의 뜨거운 햇빛이 서서히 저물어 갔다.

"가방 들어 줄까?"

"내 가방은 내가 들어."

김세정은 내내 싱글거렸다. 어쩌면 세아를 만날 수 있다는 기대 때문인지도 몰랐다. 찻길이 나오자 김세정은 나와 자리를 바꿨다. 자연스레 나를 안쪽으로 보내 편히 걸을 수 있게 배려해 주었다. 지나가는 차 소리가 시끄러웠다. 테루형의 능력을 알려 주는 김세정의 목소리도 덩달아 커졌다.

우리 앞에는 들판 너머, 들판 너머 또 들판이 있었다. 사람은 보이지 않고 어디선가 개 짖는 소리만 들려왔다. 우리가 앉아 있는 버스 정류장으로 서서히 어둠이 내려앉았다. 구름 떼가 흩어지더니 짙은 노을로 번져 우리를 향해 다가왔다. 저녁이 오는 풍경을 바라보는 동안 우리 사이에는 무거운 침묵만 흘렀다.

가까스로 도착한 곳에는 사이비 교회 대신 작고 평범한 교회만 있었다. 교회 벽에는 빛바랜 예수 그리스도의 그림이 크게 걸려 있었다. 늙은 목사님은 테루형이라는 사람을 모른다고 했다. 다만 그를 찾아온 사람이 몇 있었다고 전했다. 그러더니 김세정의 손을 덥석 잡고는 함께 기도하자고 했다. 김세정은 순순히 기도 방으로 따라 들어갔고 얼마 후 방에서 나올 때는 묘하게 편안해 보였다. 나는 목사와 테루형의 관계가 어딘가 석연치 않았다. 교회 입구에 있는 안내 책자를 챙겼다.

차고지가 이 근방인데 앱에서는 버스가 계속 대기 중으로 떴다. 할 게 없어서 소리 내어 책자에 적힌 구절을 읽었다.

"지옥은 어디에 있는가? 지옥은 저세상에 있는 것이 아니라 바로 내 마음 안에 있느니라."

김세정은 별 반응이 없었다. 세아를 만나지 못해 적잖이

실망한 것 같았다. 사기당했다는 사실을 받아들이는 중인지도 몰랐다. 나는 운동화 앞쪽으로 땅바닥만 긁어 댔다.

"김세아!"

슬쩍 고개를 들어 보니 김세정의 눈빛에는 알 수 없는 힘이 들어가 있었다.

"며칠 전에 어떤 여자애를 보고 쫓아갔거든. 근데 아니더라. 세아랑 걸음걸이가 진짜 똑같았는데."

황망히 멈춰 섰을 김세정의 수그러진 어깨가 눈앞에 보이는 듯했다.

"아침에 일어나서 페트병에 든 콜라를 마셨는데 뚜껑이 열렸는지 김이 다 빠져 있는 거야. 더럽게 맛없는데 참고 마셨지. 난 콜라를 진심 좋아하니까."

김세정은 마치 콜라를 쥔 듯이 멀뚱히 제 손을 보았다.

"그런 뜬금없는 순간에 깨닫게 돼. 이제 세아 없구나."

말끝에 김세정은 제 머리통을 움켜쥐고서 신음했다.

"젠장, 젠장, 젠장. 개나리!"

김세정은 쉰 목소리로 고함을 쳤다. 울지 않기 위해 욕을 했다.

지옥에 관해서라면 길거리에서 자주 들었다. 시뻘건 불길 속에서 타 죽는 고통을 묘사하는 뻔한 전단지. 지금 김세정의 마음이 그런 지옥은 아닐까? 해결되지 않는 그리움과 닿을 수 없는 슬픔이 김세정을 계속 고함치게 했다.

얼마나 지났을까? 저편에서부터 차례로 가로등 불이 켜지기 시작했다. 우리가 있는 정류소도 환해졌다. 우리는 가운데 자리를 비우고 떨어져 앉았는데 불빛이 포물선을 그리듯 우리를 감쌌다. 무심코 교복 주머니에 손을 집어넣으니 오백 원짜리 동전이 잡혔다. 나는 김세정에게 동전을 내밀며 물었다.

"앞면? 뒷면?"

김세정이 뜬금없다는 표정으로 나를 보았다. 나는 게임을 하자고 했다. 동전을 던져서 앞면이 나오면 질문에 대답하고 뒷면이 나오면 대답하지 않는 게임. 나는 오백 원을 하늘로 휙, 날려 보냈다. 동전이 돌고 돌아 손에 잡혔다.

"너 테루형한테 얼마 바쳤어?"

나는 첫 질문을 한 뒤 주먹 쥔 손을 폈다. 뒷면이었다. 김세정은 대답 대신 양어깨를 크게 들썩였다. 이번에는 김세정이 동전을 던졌다.

"짜장면을 그렇게 시켜 먹었는데 왜 세아가 말 안 했을까? 너 친구라고."

다행히 뒷면이어서 나는 대답할 필요가 없었다.

"너 세아 꿈이 뭐였는지 알아?"

이번에는 앞면이 나왔고, 김세정은 바로 대답했다.

"빵집 사장님. 빵을 좋아했거든."

"땅콩버터 소보로?"

김세정은 버튼이라도 눌린 것처럼 고개를 계속 끄덕였다. 그러고는 얼른 동전을 뺏어 던졌다.

"너는 나 안 싫으냐?"

김세정이 물었다. 동전은 앞면이었다. 나는 선뜻 대답이 나오지 않았다. 김세정이 잠시 숨을 고르더니 말을 이었다.

"말도 많고 목소리도 크잖아. 게다가 못생기고 뚱뚱하잖아. 공부도 못하고."

"……"

"애들이 시끄럽다고 나 싫어하는 거 아는데 교실에 가만히 있으면 너무 지루해."

말을 멈춘 김세정의 표정은 시무룩했다. 다시 한쪽 다리를 떨기 시작했다. 긴장이나 지루함을 달래는 나름의 방법이라는 듯.

"너 반창고를 몸 여기저기에 붙이고 다닌다면서?"

"세아가 그래?"

"세아 말로는 너 달리기도 잘하고 잃어버린 자전거도 잘

찾고. 또 뭐라더라, 남도 잘 배려해 준댔나."

김세정이 눈꼬리를 늘어뜨린 채 환하게 웃었다. 팔로 내 어깨를 툭 치며 물었다.

"너 제일 친한 친구가 세아야?"

"내 차례야, 동전이나 내놔. 이번에는 하늘 높이 던져야지. 엄청나게 어려운 질문 들어가니까 각오해라!"

나는 동전을 머리 위로 던졌다. 동전은 어둠 속에 잠깐 묻혔다가 김세정 발밑으로 떨어져 대구루루 굴러갔다. 동전은 빠른 속도로 내리막길을 향해 내달렸다. 우리도 함께 뛰어갔다. 손으로 잡아 보려는 찰나 오백 원은 밭도랑으로 빠지고 말았다. 게임이 이렇게 끝날 줄 몰랐던 우리는 잠시 멍하니 서로를 보았다. 뭐라 할 말이 없었다. 그때 어디선가 개한 마리가 나타나 우리에게 컹컹 짖더니 저편으로 뛰어갔다. 컹컹, 함께 달려 보자는 신호 같았다.

"이 개나리야!"

나는 김세정의 등짝을 세게 쳤다. 난데없이 나타난 개를 따라서 달렸다. 턱을 한껏 치켜들고 계속 뛰었다. 길 끝까지 달려가서는 오른쪽으로 돌았다. 저 끝에서 김세정이 뛰어오는 모습이 보였다.

"달려!"

발끝에 힘을 주고 더 달리라고 나는 소리쳤다.

광활하게 펼쳐진 들판은 어둠에 잠겨 보이지 않았다. 우리는 계속 달렸다. 하늘에 닿을 듯 숨이 찼다. 가슴이 크게 부풀어 오르고 호흡이 가빠지자 고스란히 내 무게가 느껴졌다. 한참을 달리다 단단한 땅에 두 발을 딛고 멈춰 섰다. 나는 양손으로 두 무릎을 짚고서 크게 숨을 내뱉었다. 김세정도 숨을 몰아쉬었다. 넓적한 등이 따라 움직였다.

등에도 표정이 있는 걸까? 어릿광대의 신발을 신은 아이처럼 길가에서 마구 뜰썩거리던 등짝, 웅덩이와 달팽이를 가만히 바라보던 등짝, 슬픔이 걸린 응어리를 기어이 삼키고는 더 크게 웃어 재끼는 등짝, 시끄럽게 말하느라 더 힘들고 외로운 저 등짝.

"뭐 하냐?"

김세정이 내 등을 툭 쳤다.

"달에 소원 빌고 있잖아."

나는 말을 돌렸다.

괜히 고개를 들어 초저녁에 뜬 달을 쳐다보았다. 그믐달인가? 초승달인가? 고개를 갸웃했다. 달은 매일 조금씩 모습을 바꾸었다. 얇은 눈썹 모양을 한 초승달과 빛을 다 드러내지 않는 그믐달이 늘 헷갈렸다.

보이는 쪽과 보이지 않는 쪽. 나는 지금 둘 중 어디를 보고 있는 걸까? 오늘은 달의 이면을 보듯 김세정의 다른 쪽을 본 것 같았다. 나는 선생님이 말해 준 사람 인이 떠올라 김세정에게 말했다.

"등짝 좀 빌려줄래?"

김세정은 말없이 등을 내주었다. 우리는 등을 마주 대고서 공기를 한껏 들이마시고 내뱉었다. 아까와는 조금 다른 숨이 느껴졌다. 세아를 그리워하는 두 개의 등이 천천히 오르내렸다.

"너 언제 우리 집 올래?"

"나…… 한 번도 여자 집 가 본 적 없어."

"여자 사람 친구라고 해 줄래. 조만간 초대할게."

들판에서 풀벌레 소리가 들려왔다. 서둘러 집에 가야 할 시간이지만 이대로 버스를 좀 더 기다리고 싶었다. 부드러운 여름날, 숨을 크게 내쉬는데 무언가가 넓어진 기분이 들었다.

이상 기후 현상

　드디어 오늘, 시험이 끝났다. 교회에 다녀온 뒤로는 세아도, 김세정도 챙길 겨를이 없었다. 공부를 아예 못하면 쪽팔리니까 시험 기간에는 최대한 집중하고 싶었다.

　새벽에 공부를 하면 세아가 자꾸만 연필을 건드리며 방해했다. 장난치지 말라고 화를 냈더니 뽀로통해져 휙 가 버렸다. 다음 날 밤에는 내가 너무 심했나 싶어 기다렸는데 오지 않길래 그럼 잘됐다, 하고 영어 공부나 시작했다. 새 문제집에 빗금 여러 개가 그어 있어 신경질을 부렸더니 세아가 귀퉁이에다 이렇게 적어 놓았다. '홍미주 영어 점수는 52점' 가슴이 철렁 내려앉았다. 다행히 영어 점수는 조금 더 높았다.

교문을 나서는 아이들이 저마다 떠들어 댔다. 코인노래방이나 쇼핑센터에 가자고 약속을 잡았다. 뒤쪽에서는 어느 게임방에서 만날지 정하느라 시끄러웠다. 큰 소리를 내며 웃는 아이들 사이에 끼여 걸어가는데 저 앞에 넓은 등짝이 보였다. 나는 김세정에게 톡을 보냈다. '이따 우리 집에 올래?' 곧바로 '응.'이라는 짧은 답이 왔다. 오늘은 시험이 끝났으니까 나도 특별하게 보내고 싶었다.

김세정은 미주홍 사거리 앞에서 나를 기다리고 있었다. 교복이 아닌 면 티에 청바지를 입고 있어서 어딘가 좀 달라 보였다. 뭐가 그렇게 신이 나는지 머리를 매만지며 자꾸만 히죽거렸다.

"너 이제 테루형 못 보겠다."

나는 김세정을 놀렸다. 어젯밤 테루형은 검은 바탕 화면에 흰 글씨로 죄송하다는 한마디만 남기고 사라졌다. 모든 영상이 다 삭제되고 무성의한 사과문만 올라왔다. 기사를 찾아보니 사기죄로 고소를 당한 모양이었다. 그를 감옥에 보내라는 댓글이 넘쳐났다.

"세상에 귀신은 없나 봐."

김세정이 풀죽은 표정으로 말했다. 나는 조용히 속으로 웃었다.

"근데 내가 새로운 영상을 하나 발견했거든."

"또 뭐?"

나는 귀찮아서 대충 대꾸했다.

"어떤 회사가 죽은 사람을 만날 수 있는 기술을 만들었대. 나 구독했는데, 볼래?"

쉽게 포기하면 김세정이 아니겠지. 슬쩍 보았다. 가상 현실을 이용해서 초현실적인 만남을 이뤄 내는 기술을 도입했다는 영상이었다. 아들을 잊지 못해서 우는 엄마와 병든 아내를 먼저 보내고 슬픔에 잠긴 남편의 모습이 담긴 예고 영상도 보았다. 그들은 먼저 떠난 이들을 잊지 않고 매일 살아갔다. 가상 현실에서라도 만날 수 있기를 간절히 바랐다. 나는 멈춰 서서 비슷한 아픔을 겪는 사람들이 남긴 댓글을 열심히 읽었다.

집에 도착해 현관문을 열며 소리쳤다.

"내 친구야."

나는 신발을 벗어 던지며 거실로 들어왔다. 하지만 김세정은 어색한 듯 주춤거렸다.

"넌 어디서 온 악당이냐?"

동생들이 배에 커다란 벨트를 두르고서 장난감 칼을 들고 뛰어나왔다. 막내가 장난감 칼을 김세정 목 가까이에 대고 긋는 시늉을 했다. 그러자 김세정은 죽은 사람처럼 그대로 바닥에 고꾸라졌다. 동생들이 깔깔거리자 금세 좀비처럼 벌떡 일어나 동생들을 와락 껴안았다. 둘은 살려 달라며 버둥거렸다. 나도 모르게 웃음이 터졌다.

"오메, 시끄라!"

할머니가 나무 주걱을 휘두르며 동생들에게 호통을 치다 주방으로 돌아갔다.

셋은 어제도 그제도 놀았던 사람들처럼 서로 돌아가면서 몇 번이고 죽다 살아나기를 반복했다. 신기하기도 하고 좀 한심하기도 했다. 멀찍이서 셋을 구경하다 내 방으로 들어왔다. 방문을 닫자 소음이 뚝 멎었다.

불을 켜지 않은 방은 어둑했다. 벽으로 다가갔다. 세아를 찾을 곳은 벽뿐이다. 세아가 드나드는 경계가 벽 어딘가에 숨겨져 있을 것 같아 천천히 더듬어 보았다. 벽은 차갑고 딱딱하고 무심했다.

세정이가 왔어. 나는 괜히 옷장도 열어 보고 책상 서랍도 여닫았다. 고개를 들고 천장도 쳐다보았다. 세아가 어딘가에 꼭꼭 숨어 있을 텐데. 나는 세아를 불러낼 방법을 알지 못했다. 침대에 힘없이 주저앉았다.

나쁜 년. 나는 조그맣게 중얼거렸다.

밖에서 나를 부르는 소리가 들려왔다. 주방에 가니 국수 한 그릇이 놓여 있었다. 김세정은 벌써 두 그릇째라고 했다.

"밥을 참 복시럽게 먹는다잉. 묵고 또 묵어."

"감사합니다."

"형아 우리 집에서 자고 가."

"너 화투 칠 줄 아냐?"

"안 돼, 할머니. 형은 우리랑 놀아야 해."

"밥 묵고 나랑 딱 한 판만 치자."

할머니는 기어이 담요를 깔았다. 진지하게 패를 돌리고 화투를 쳤다. 연속으로 할머니가 다섯 판을 졌고 결국 담요를 뒤엎고 말았다. 어쩔 줄 몰라 하는 김세정을 동생들이 방으로 끌고 갔다. 한참을 놀다 나온 김세정은 온몸이 땀범벅이었다. 김세정은 늦은 밤이 되어서야 집으로 돌아갔다.

자려고 누웠는데 잠이 오지 않았다. 세아가 오지 않는 밤은 너무 조용했다. 도서실, 놀이터, 교회 그리고 집에서 나는 김세정과 시간을 보냈다. 계약 사항을 모두 지켰다고 생각했는데 끝이라기보다 무언가가 다시 시작되는 기분이었다. 마음의 좁고 깊은 곳에서 새로운 감정이 생겨났는데 아직은 뭐라 설명하기가 어려웠다. 이런 이야기를 세아랑 하고 싶은데 오지를 않으니 더 기다려졌다. 조금 보고 싶었다.

책상 서랍에서 계약서를 꺼내어 보았다. 계약서를 쓸 때는 어떻게든 당장 눈앞에서 내쫓고 싶은 마음뿐이었는데 지금은 다르다. 생각해 보면 양파를 까던 때도 그랬다. 처음에는 원망과 분노로 가득 찼는데 시간이 지나면서 껍질로 자신을 단단히 채운 양파가 나름 마음에 들었다.

나는 벽에 붙은 검은 나무만 계속 바라보다 괜히 할머니에게 말을 걸었다.

"할머니 오늘 낮에도 화투 쳤어?"

"쳤지, 그라믄."

"세아랑 쳤어?"

"누구?"

할머니가 소리를 내질렀다.

"세아 말이야. 맨날 교복 입고 찾아오는 애 있잖아. 할머니랑 내기도 하고!"

말을 하면서 나는 점점 두려워졌다.

"누가 왔다고? 새가 왔어?"

"아니, 내 친구."

"썩을 년! 나는 맨날 혼자 치잖여."

나는 자리에서 일어나 할머니를 뚫어지도록 보았다. 할머니가 끙 소리를 내며 돌아누웠다.

"어제는 슈퍼에서 달랑 무 하나 사서 들고 왔는디 밤새 끙 끙 앓았어야. 어깨도 아프고 다리도 아프고 이제는 죽어야 쓸란 갑다."

"그런 소리를 왜 해?"

"그랑게 미주야, 갸를 좀 자주 데리고 와잉."

"누구? 김세정?"

"목소리가 크니께 어찌나 재밌던지. 화투도 잘 치고. 먹는 것도 맴에 쏙 들더만."

조금 전 동생들도 형은 또 언제 오냐고 묻고 갔다. 우리 집 에서는 인기가 많았다.

"할머니! 사후 세계 믿어?"

"나는 안 죽을란다."

"사람은 다 죽어."

"잠들랑 한디 왜 자꾸 귀찮게 말허냐."

어둠 속에서 할머니와 나의 숨소리가 규칙적으로 오갔다.

"할머니는 살면서 제일 멋진 일이 뭐였어?"

"음…… 그랑게…… 고것이 우물에 빠져서 죽다 살아난 일이 젤루 멋진 일이었제."

꿈에서 눈을 밟는 소리가 생생했다. 꿈인 줄 알면서도 꿈 같지 않아서 신기하고 행복한 그런 꿈이었다. 한여름에 눈을 맞으니까 차갑고 시원했다. 눈바람이 세차게 일었고 나는 신이 나서 마구 소리를 질렀다. 회오리바람은 한껏 흥분한 나를 공중 의자에 태우듯 싣고 어디론가 데려갔다. 나는 꿈에서 꿈을 꿨다. 도착한 곳은 3월의 교실이었다.

세아는 뒤에 앉아 내 뒤통수만 바라보고 있었다. 그러다 우리가 동시에 창밖으로 시선을 돌렸는데 그 순간 거짓말같이 눈이 왔다.

이상 기후 현상에 아이들은 모두 소리를 질렀다. 선생님의 허락이 떨어지자마자 우리 반은 운동장으로 뛰쳐나갔다. 차가운 눈이 손등을 적셨다. 고개를 들어 얼굴에 떨어지는 눈을 보았다. 눈이 일정한 방향과 속도도 없이 흩날렸다. 아이들은 다 같이 소리를 질러 댔다. 어떤 아이는 엉덩이를 썰룩거리고 손을 꼬리처럼 흔들며 뛰어다녔다. 누군가는 흩어지는 눈송이를 잡으려고 제자리뛰기를 멈추지 않았다. 그 모습을 보고는 배를 쥐어 잡고 눈물을 훔치며 웃었다. 그 순간만큼은 나도 우리 반에 녹아들었다. 손바닥에 닿는 순간 바로 녹아 버리는 눈이 아쉬웠는지 아이들은 매점에서 비눗방울을 사 왔다. 나는 그 모습을 멀찍이서 구경했다.

세아가 다가와 손바닥을 내밀었다. 빌려줄까? 얼른 고개를 끄덕였다. 우리는 오백 원을 주고 비눗방울을 하나씩 샀다. 운동장에, 하늘에, 세상에, 서로에게 대고 호흡을 불어넣었다. 투명한 방울들이 계속해서 생겨났다.

"깜짝이야!"

누군가 눈싸움을 걸었다. 뒤돌아보니 세아가 놀랐지, 하는 표정으로 서 있었다. 함박눈이 쏟아져 내렸다. 흩날리는 하얀 눈송이가 세아의 얼굴을 덮었다.

"여기는 어디야?"

눈발 사이로 보이는 곳은 운동장도 아니고 놀이터도 아니었다. 하늘이 뻥 뚫린 듯 계속 눈이 왔다. 온통 새하얀 세상이었다. 오백 원을 빌린 날을 보았다고, 이제야 기억났다고 말하려는데 세아가 또 눈덩이를 던졌다. 자꾸만 던지니까 나도 참고만 있을 수 없었다. 세아를 맞추고 싶은데 쉽지 않았다. 헛손질하며 연신 허공에다 눈을 던져 댔다.

쉽게 닿을 수 있을 것 같고 만지라면 만질 수도 있을 것 같고, 좀 더 다가가 껴안고 싶은데, 세아는 저만치 멀리 먼저 가 버렸다. 부르면 부를수록 멀리 떠나서 나는 겁이 났다. 이제 정말 끝인가 싶어 목청이 터져라 불렀더니 세아가 갑자기 획 하고 돌아서서 혀를 날름 내밀었다. 장난만 치는 세아 때문에 화가 나서 나도 그만 돌아섰다.

집 앞에 도착하니 손이 시려워서 손안에 입김을 호호 불었다. 얼었던 손을 녹이다 꿈에서 깨어났다. 깨어나니 세아가 다시 보고 싶어서 얼른 눈을 감았다. 꿈은 다시 이어지지 않았다.

나는 세아가 서 있던 벽에 다가갔다. 검은 나무 아래에 쪼그리고 앉았다.

"정말 떠난 거야?"

벽을 향해 말했다.

"이제 겨우 친해졌는데 이렇게 가 버리면 어떡해?"

대답은 돌아오지 않았다. 벽은 그대로였다. 얼굴을 가져다 대니 무심한 냉기만 느껴졌다. 긴 꿈에서 깨어난 그런 기분이 들었다. 세아가 사라졌다는 사실을 받아들이자 울컥, 뜨거운 게 솟구쳤다. 와 줘서 고맙다는 말을 하지 못했다.

난 너에게 갈 거야

"너 밥 혼자 먹어?"

4교시 수업이 끝난 직후, 박지현이 콧소리를 섞어 가며 물었다. 나는 신경이 쓰여 바로 대답하지 않았다. 그러자 박지현이 몸을 기울이며 말했다.

"오늘은 나랑 먹을래?"

오늘 이여울이 아파서 결석했다. 나랑 밥을 먹어도 내일 이여울이 오면 나를 모른 척하겠지. 괜한 기대를 걸고 싶지 않았다.

"그냥 각자 먹자."

내 말에 박지현은 입을 샐쭉하게 내밀더니 먼저 급식실로 향했다. 나는 멀찍이서 뒤따랐다.

　식판을 들고서 두리번거리는데 안쪽 구석에 박지현이 혼자 있었다. 나는 고민하다가 조심스레 박지현 옆자리로 가 앉았다. 우리는 서로를 향해 힐끔 보고는 말없이 밥을 먹었다. 오늘 나온 닭볶음탕은 맵고 달콤했다.

　남김없이 먹고 급식실을 나오다 그 애들과 마주쳤다. 나는 눈길을 피하지 않았다. 턱을 약간 내밀고는 절대로 먼저 고개를 숙이지 않으려 빳빳한 자세로 그 애들을 지나쳤다. 뒤에서 애들의 웃음소리가 들려왔다. 그게 나 때문인지 아닌지 이제는 중요하지 않았다. 도서실로 향하는 발걸음이 가벼웠다.

　오후에는 마지막 진로 수업에 갔다. 드디어 다음 주부터 여름방학이다. 빌려 갈 만한 책을 골라서 자리로 돌아오니 맞은편에 김세정이 앉아 있었다. 나를 보고는 오른 어깨를 살짝 들었다 내려놓았다.

　박지현이 김세정과 나를 보았다. 나는 무시하려고 고개를 숙였는데 김세정이 계속해서 어깨를 으쓱거렸다. 박지현이 내게 귓속말로 왜 저러냐고 물었다. 나는 마지못해 엄지와 가운뎃손가락을 튕겨 동전을 던지는 시늉을 해 보였다. 그제야 김세정은 수신호를 받았다는 듯 어깨를 가만히 내려놓았다. 박지현이 우리 둘을 더 이상하게 바라보았다.

선생님은 수업 마지막쯤, 꿈에 이르는 길은 단순하다고 했다. 꿈을 정했으면 두리번거리지 말고 나아가라고. 이루는 것을 목표로 삼지 말고 지속을 목표로 나아가면 된다고 했다. 김세정은 한쪽 다리를 떨면서 브라보, 하고 손뼉을 쳤다. 그러자 선생님이 말했다.

"세정아. 이 수업에 너 없었으면 진짜 지루했을 거야."

칭찬받은 김세정이 씩 웃었다.

김세정은 절대 쉽게 변하지 않을 거다. 여전히 스트레스를 받으면 다리를 떨고 누군가 눈치를 주면 손으로 제 앞머리를 뽑겠지. 큰 목소리로 쌕쌕대면서 복도를 누비고 다니겠지, 아무에게나 인사를 하면서. 하지만 달의 이면처럼 김세정을 다른 각도에서 보면 새로웠다. 호기심이 많아 여기저기에 관심을 두고, 엉뚱한 농담으로 웃음을 주는 아이. 그러니 김세정이 달라질 이유는 없다.

수업이 끝나고 도서실에 남아 책을 읽고 있는데 김세정이 다가왔다. 무슨 책을 보느냐고 물어서 나는 대답 대신 책 표지를 보여 주었다. 김세정은 한 대 얻어맞고 풀죽은 강아지처럼 한참 동안 표지를 들여다봤다.

"시 쓰면 돈 많이 벌어?"

"뭐라도 쓰면 벌겠지."

"많이 번다는 말 못 들은 것 같은데."

"많이 쓰면 많이 벌겠지."

"네 엄마도 많이 일하는데 돈 많이 못 번다며? 그거랑 이거랑 비슷할 것 같은데……."

"야! 시에는 뭔가가 있잖아."

"맛있는 짜장면에도 뭔가가 있어."

"내가 아직 시를 안 써서 그렇지 쓰기만 해 봐, 안 긁은 복권이야."

"아무나 시 쓰는 게 아닐 텐데……."

"야! 내가 왜 아무나야. 나는 나를 대표하는 나야!"

"어, 그거 좀 멋지다."

나는 최근에 꿈을 정했다. 내 기억과 느낌을 시로 표현해 보고 싶었다. 아직은 타자 연습 프로그램에서 떨어져 내리는 낱말들처럼 무언가가 머릿속에 잠시 나타났다 사라져 버렸다. 그때마다 아직 적어 보지 않은 마음에 관해 생각했다. 다시 천천히 시집을 집중해 읽어 나갔다. 김세정은 떠나지 않고 자꾸만 말을 걸었다.

"어제 스포츠 뉴스 봤어?"

응, 나는 건성으로 대답했다.

"대박이지."

올해 프로야구에서는 십일 년 동안 꼴찌만 하던 팀이 시즌 마지막 경기에서 12회까지 가는 접전 끝에 꼴찌를 탈출했다. 선수들은 세상을 다 가진 것처럼 환호했고 팬들은 함께 열광했다. '구단의 자신감이 하늘을 뚫을 기세'라는 기사를 보고 나는 제일 먼저 김세정을 떠올렸다. 얼마나 호들갑을 떨지 상상이 갔다.

"너무 간절한 승리였다니까."

아까 약속이 있다고 말했는데도 김세정은 먼저 갈 생각이 없어 보였다. 어린애처럼 도서실을 빙빙 돌아다녔다. 괜히 이 책 저 책 꺼내어 구경만 하고는 읽지도 않았다. 신경 쓰여 결국 책을 대출해 도서실을 나왔다. 김세정이 버스 정류장까지 굳이 데려다주겠다고 해서 함께 걸었다.

"근데 누구랑 약속 있어?"

"영화 보러 가."

"무슨 영화 보는데?"

"공동묘지에서 해골들이 나오는 영화."

"그런 걸 왜 봐?"

"무서워하다 보면 무서운 게 사라지니까."

영화에서 주인공 얼굴이 양파처럼 여러 겹으로 갈라지거

나 흘러내린 피부를 가지고 등장하면 나는 작정하고 옆자리를 보며 악, 소리를 냈다. 옆자리는 분명 비어 있지만 누군가가 있다고 상상을 했다. 어둠 속에서 귀가 따가울 정도로 짧고 굵게 비명을 질러 대다 보면 알 수 없는 그리움이 피어났다가 조용히 사그라들었다.

"그러면, 그리워하다 보면 그리움이 막 사라져? 슬퍼하다 보면 슬픔이 막 사라지고?"

김세정은 내게 따지듯이 되물었다.

나는 한쪽 어깨를 으쓱였다. 김세정 얼굴에 금세 웃음이 번졌다. 속절없이 터져 버린 그런 웃음. 남매가 참 잘 웃는구나. 가만 보니 웃는 게 가장 많이 닮았다.

나무가 우거진 곳에서 매미 울음소리가 들려왔다. 차 소리가 심해지면 매미들은 더 열심히 울었다. 맴맴맴. 매미에게는 이번 계절이 전부다. 다음 계절을 모르는 채로 죽는 셈이다. 열여덟의 나와 열일곱의 나는 달랐다. 열여덟의 나는 열아홉의 나와는 또 다르겠지. 계속해서 다른 계절을 보낸다는 건 그런 의미일 텐데. 매미는, 세아는 모르겠구나.

김세정과 같이 세아를 그리워하고, 슬퍼하고, 웃고, 울다 보면 괜찮아질 날이 올까? 우리 곁 어딘가에 있을 세아처럼 아주 가끔씩 너와 등을 맞대도 괜찮지 않을까. 뭐라 뭐라 수

다스럽게 떠들어 대는 김세정 말을 들으며 나는 생각했다.

이야기를 나누다 보니 금세 버스 정류장에 도착했다.

"지금 너희 집 가서 할머니랑 동생들이랑 놀아도 돼?"

"그러든가."

김세정은 내 말이 끝나기도 전에 벌써 저만치 가 버렸다. 나는 고개를 절레절레 흔들었다.

버스가 도착했다. 혼자 버스에 올라 맨 뒤에 앉았다. 그 뒤로 몇 명인가 더 탔다. 버스가 막 출발하려는데 누군가가 다급히 뛰어올랐다. 박지현이었다. 박지현이 교통카드를 찍자 삐 소리가 났다. 두어 번 반복했지만 상황은 달라지지 않았다. 박지현은 가느다랗게 떨려 나오는 목소리로 말했다.

"교통카드에 오백 원이 모자란데 어떡해요?"

"뭘 어떡해. 내려야지."

"제가 지금 늦으면 절대 안 되거든요."

"나도 절대 안 돼."

"저 중요한 시험 보러 가는 거예요."

"나도 운행 시간 못 맞추면 밥 못 먹어. 학생 얼른 내려!"

나는 자리에서 일어났다. 앞으로 다가가 주머니에서 오백 원을 꺼내 박지현을 위해 대신 내 주었다. 박지현이 눈을 동그랗게 뜨고는 나를 바라보았다.

고마워, 작게 입 모양으로만 말했다. 나는 뭔가를 살짝 알려 주려다 입을 다물어 버렸다. 버스가 출발했다. 그 바람에 박지현과 내가 중심을 잃고 옆으로 기울어졌다. 박지현이 남은 앞자리에 앉았다. 나는 뒤쪽으로 돌아갔다. 박지현은 얼마 안 가 허둥대며 버스에서 내렸다. 박지현을 뒤로하고 버스가 출발했다. 나는 입가에 피어오르는 미소를 숨길 수 없었다. 조용히 속으로 말했다.

나는 나중에 너에게 받으러 갈 거야.

마이너스들이 만들어 낸 우정의 이중주

오세란 (청소년문학 평론가)

문학은 무수한 문장과 문장 사이의 행간, 검은 글씨 사이의 하얀 여백에 은밀히 암호를 숨겨 둔다. 문학이 읽을수록 매력적인 까닭은 향기로운 초록 풀밭에서 네잎클로버를 찾듯 문장 사이를 거닐다 보면 뜻밖의 보물을 찾을 수 있기 때문이다. 제21회 사계절문학상 수상작『우리는 마이너스 2야』는 언뜻 명랑 소설, 장르 소설처럼 단숨에 읽히고 물론 그런 재미만으로도 충분히 의미 있는 시간을 보낼 수 있다. 그런데 조금 찬찬히 들여다보면 작가가 책갈피에 숨겨 놓은 풍성한 선물을 만날 수 있다.

웃음 속에 담긴 외로움

이 작품의 매력은 무엇보다 웃으며 읽을 수 있다는 점이다. 작품에 유머가 가득하며 특히 인물들이 나누는 대화의

맛이 생생히 살아 있다. 그러나 이 작품은 단순히 유쾌한 읽을거리만은 아니며 작품 속 웃음에는 고독과 슬픔이 감춰져 있다. 쓴맛의 커피에 하얀 우유 거품을 더한 카푸치노처럼 슬픔의 표면에 달콤한 웃음을 슬며시 뿌려 놓았다.

이 작품은 더 이상 세상에서 만날 수 없는 세아의 죽음에서 출발하며 그 사건을 통해 우리는 주요 인물 세 명의 사연에 접근하게 된다. 주인공 미주의 집은 3대가 함께 사는 대가족이다. 미주는 치매를 앓는 할머니와 구 년째 룸메이트로 지내며 중국 음식점을 경영하느라 바쁜 부모 대신 나이 차이가 많이 나는 두 남동생의 치다꺼리를 맡아 종일 어수선하게 살아야 한다. 언뜻 외로울 겨를도 없어 보이지만 이런 대가족 틈에서 미주는 고독하다. 미주는 어릴 때 이모 집에서 안락하게 산 경험이 있는데 그 일은 미주의 의사와 무관하게 어른들의 사정으로 발생했으며 두 환경의 낙차는 미주의 삶에 적지 않은 영향을 미쳤다.

청소년기는 어른들에 의해 일방적으로 주어진 지난 시절을 돌아보며 스스로의 힘으로 자신의 삶을 찾고자 시도하는 시기이다. 그러나 새로운 삶을 모색하는 일은 늘 어려워 미주의 첫 번째 시도 역시 좌절된다. 자신을 귀찮게 하는 어수선한 가족이 아닌, 학교에서 만나는 친구들과 즐겁고 신나는 시간을 보낼 생각으로 성급하게 일을 벌였다가 결국 무리에서 배제되는 사태를 맞은 것이다. 미주는 명랑하고 씩씩한 본성을 지녔지만 현재는 학교에서 외톨이가 되어 지낼 수밖에 없는 상황이다. 이야기는 미주의 시선으로 아무렇지 않은 듯 짐짓 유쾌하게 전개되지만 그의 내면은 고독으로 가득하고 상황을 해결할 뾰족한 대안도 마땅치 않다. 살아 있는 유령처럼 지내던 미주에게 나타난 인물이 바로 이미 망자가 된 세아다.

한편 세아가 미주를 찾아가 도움을 부탁한 쌍둥이 남매 세정은 어떤 아이인가? 세아의 쌍둥이임에도 닮은 데가 거의 없는 세정은 어릴 때 가족과 떨어져 홀로 시골의 할머니 집에 맡겨졌고, 그때 삼촌에게 폭력을 당했던 악몽이 현재까지 그를 지배한다. 청소년이 된 세정은 사회생활을 하기에 무척 불안한 모습이다. 사람들이 주고받는 의사소통의 신호를 잘 받아들이지 못하거나 때로는 아무 생각이 없어 보이기도 한다. 학교를 쿵쾅거리며 돌아다니거나 쓸데없이 큰 소리로 웃는 등 과잉 행동을 보인다. 세정은 명랑한 척 남들보다 크게 웃으며 자신의 내면을 감추려 애써 보지만 웃음소리가 커질수록 도리어 그가 외떨어진 섬 같은 존재라는 사실이 확인될 뿐이다.

이처럼 예기치 못한 죽음을 맞은 세아, 학교에서 혼자 지내야 하는 미주, 또래와 어울리지 못하는 세정, 제각각 안타까운 사연을 가진 세 사람의 2인 3각 게임 같은 좌충우돌 서사가 시작된다.

죽음을 통해 바라보는 삶의 의미

이 작품은 망자인 세아가 미주를 찾아오는 호러의 모양새를 하고 있지만, 귀신을 등장시켜 공포나 스릴을 느끼게 하려는 장르물이나 영혼이 떠도는 이계를 그린 판타지라고 이름 붙이기는 어렵다. 이 작품은 장르 서사의 클리셰를 빌려 영원히 함께할 것 같던 존재가 불현듯 사라지는 비극의 속내를 말하고 있다.

작품에 등장하는 가장 큰 사건은 세아의 예기치 못한 죽음이다. 죽음으로 인한 이별은 언제나 우리를 슬프게 하지만 그중에서도 사고로 인한 갑작스러운 이별은 무척 안타깝게 다가온다. 우리 사회에는 예기치 않은 사건, 사고가 적지 않게 일어난다. 그러한 사건의 피해자들은 대부분 미래를 꿈꾸던 젊은이다. 작품은 청소년이 세상과 이른 작별을 하는 것이 얼마나 각별한 슬픔인지 에둘러 이야기한다. 언제라도 나눌 수 있을 거라 생각해 미뤄 두었던 말, 꿈, 마음을 이제 더 이상 산 자도 죽은 자도 나눌 수 없게 된다.

세아는 꿈이 많은 아이였다. 땅콩버터 소보로를 좋아한다는 담백한 이유로 제빵사가 되고 싶었고, 영화를 좋아해 영화 유튜버가 되고 싶었으며, 시를 잘 쓰는 미주와 글쓰기를 함께하며 친해지고 싶었다. 그 모든 꿈이 미완인 채 끝났다. 그러니까 이 이야기는, 세아가 이야기를 통해 독자에게 건네는 마지막 편지 같은 것이다. 미처 마음의 준비도 하지 못하고 죽은 다음에야 세상에서 할 일이 남았음을 떠올린 세아를 보며, 독자는 오늘 당장 해야 할, 세상에서 제일 중요한 일은 무엇일까 생각하게 된다. 세아가 저승행 기차를 바로 타지 못하고 이승에 남아 마무리해야 할 가장 중요한 일은 혼자인 미주와 세정을 돕는 일이다.

미주와 세아의 우정은 세아의 삶이 끝난 지점에서 출발한다. 미주는 귀신이 되어 찾아온 세아 덕분에 우정이 주는 기쁨을 비로소 알게 되고, 그가 영원히 떠난 뒤에야 비로소 그리워하기 시작한다. 세아는 또래 집단에 상처받은 미주가 다시 힘을 내어 삶을 회복할 수 있도록 우정이 무엇인지 가르쳐 준다. 또한 세아는 사는 동안 귀찮아하고 때론 싫어하기까지 했던 세정이, 자신이 겪을 수도 있었던 폭력적인 경험을 안은 채 살고 있었음을 알게 된다. 어린 시절의 트라우

마 때문에 나타난 거친 증상만 보고 동생을 미워했던 자책
감과 누군가가 세정을 도와주기를 바라는 간절한 바람에 세
아는 이승을 떠날 수 없다.

죽음에 관한 이야기가 늘 그렇듯, 이 작품은 결국 삶에 관
한 이야기이며 이것은 미주의 할머니가 들려주는 이야기에
서도 반복되어 전달된다.

"할머니는 살면서 제일 멋진 일이 뭐였어?"
"음…… 그랑게…… 고것이 우물에 빠져서 죽다 살아난 일이 젤
루 멋진 일이었제." (170쪽)

그리스 신화에서 사람은 죽은 뒤 저승으로 가기 위해 여
러 강을 건넌다. 비통과 슬픔을 뜻하는 아케론(Acheron)부터
증오의 강인 스틱스(Styx)를 지나 마지막으로 망각의 강 레테
(Lethe)를 건너야 한다. 죽은 영혼은 스틱스를 건너며 강물을
마시고 이승에서의 기억을 모두 잊지만, 마지막으로 레테를
건너면서도 지우지 못하는 것이 바로 이승에서 만났던 '사
랑'이다. 세아에게 가장 의미 있는 사랑은 미주와 나누지 못
했던 미완의 우정과 세정에게 더 많이 주지 못했던 형제애
였던 것 같다. 그들을 이어 주기 위해 아직 세아는 강을 건널

수 없다.

혼자가 아닌 둘이라서 멋진 이중주

이 작품에서 세아는 미주와 만나고 미주는 세정과 만난다. 흥미롭게도 셋이 동시에 만나는 장면은 없다. 세아가 미주를 찾은 표면적인 이유는 미주에게 빌려준 오백 원을 돌려받기 위해서이다. 미주는 왜 그 돈을 빌렸는지 기억해 내야만 한다. 그 이유를 기억하지 못했기에 미주는 세정을 만나 달라는 세아의 부탁을 들어줄 수밖에 없다.

이유야 어떻든 이 작품은 오백 원이라는 재미있는 매개를 가져와 사람과 사람 사이는 '주고받음의 관계'임을 이야기한다. 우리는 살면서 주위의 누군가와 최소 오백 원을 주고받는 사이이다. 오백 원이 그리 크지 않은 액수라는 점에서 이 작품은 인연이 그야말로 옷깃만 스쳐도 시작됨을 이야기한다. 오백 원의 거래는 단지 돈의 문제가 아니며, '기브 앤 테이크'라는 말처럼 주는 만큼 받는다는 뜻도 아니다. 이는 사람과 사람은 본래 '빚을 지고, 갚는 관계'일 수밖에 없음을 은유한 것으로, 이야기는 바로 관계를 맺는 형식과 내용에 주목한다.

우리가 누군가에게 받는 것은 귀한 선물일 수도 반대로

아픔을 남기는 상처일 수도 있다. 미주는 학교 아이들에게 우정이라는 선물이 아닌 투명 인간처럼 외면당하는 상처를 받았기에, 새로운 누군가와 관계를 맺기 두렵다.

친구란 어떻게 되는 걸까? 나는 종종 내가 불 꺼진 상점처럼 느껴졌다. 불 꺼진 상점에는 누구도 들어오지 않는다. 윤이서를 향해 잠시 불을 밝히고 문을 열었지만 다시 폐점한 상점이 되어 버렸다. 나는 매일 어두운 상점에 홀로 앉아 오늘은 꼭 전구를 갈아 끼우자고 다짐한다. 전구를 가는 방법은 간단하다. 아주 잠깐 용기를 내면 된다. 하지만 나는 감전이 될까 봐 무섭다. 다시 혼자가 될까 봐 무섭다. 감전될 확률은 아주 낮은데 나는 나설 용기가 없다. 나 이대로도 괜찮은 걸까? (102쪽)

미주는 어린 시절의 경험에 더해 친구 사귀기까지 실패하여 불 꺼진 상점 같은 마음이 되어 버렸다. 지금이라도 어두운 내면에 불을 밝혀 SOS 신호처럼 자신이 있음을 알릴 용기를 가져야 하지만 다시 누군가에게 마음을 주는 일이 쉽지 않다. 세아는 그런 미주에게 용기를 내라며 따뜻한 불씨를 선물처럼 지펴 주고 떠난다.

한편 세정은 세아와 만나고 싶은 간절함을 그다운 방식으로 해결하고자 한다. 그것은 바로 유튜버 심령술사 테루형의 동영상을 보며 열혈 구독자가 되어 그가 시키는 대로 따르는 것이다. 그중 압권은 세정이 테루형에게 산 붉은 실로 뜨개질을 하는 장면이다. 미주가 세정의 서툰 뜨개질 솜씨를 답답해하며 도와주면서 두 사람은 자신들도 모르게 우정이라는 실로 점차 엮이게 된다. 아마도 사기꾼 심령술사 테루형은 운명의 붉은 실이 인연을 이어 준다는 설화를 빌려와 사기를 쳤을 것이다. 세정은 결국 세아를 만나지 못했으나 대신 우습게도 세정과 미주가 우정이라는 인연으로 엮이는 결과를 낳았다. 결국 둘은 조금씩 마음을 열어 상형 문자 사람 인(人)처럼 서로에게 기대는 친구가 되었으니 지금쯤 세아는 마음 놓고 레테를 건너고 있지 않을까.

이 작품은 웃고 있어도 외로울 수 있고, 죽음이 있기에 삶이 빛나며, 혼자 사는 인생일지라도 둘이 마주하면 더욱 행복할 수 있다고 말한다. 이렇듯 다소 상반된 것처럼 느껴지는 낱말들을 연결하여 표면과 이면, 문장과 행간, 드러냄과 감춤의 이중주로 변주되는 문학의 참맛을 보여 준다. 미주라는 마이너스와 세정이라는 마이너스가 만나 외로운 등을 서로 기대 사람 인(人)이라는 하나의 글자를 만들듯 사람과 사람이 만나 상처만 주고받는 것이 아니라 아름다운 우정의 이중주도 만들 수 있다. 작품을 읽고 책장을 덮으며 '가벼운 바람이 불어오면 너와 함께 걷는 상상을 해'로 시작하는, 세아가 좋아하던 노래를 함께 부를 미주와 세정의 이중창을 상상해 본다.

　　노란 포스트잇에 홍미주, 김세아, 김세정 이름을 적어 책상 앞에 붙여 두었다. 일 년 가까이 그들과 매일 이야기를 나누었다. 이 셋은 결코 쉬운 상대가 아니라서 어제는 분명 친했는데 오늘은 알 수 없어 홀로 외로워졌다. 홍미주와 가까워졌다 싶으면 김세정이 낯설어졌다. 그래도 쓰지 않으면 그 마음을 영영 모를 것 같아 키보드를 살살 두드리며 끊임없이 그들과 나에게 말을 걸었다.

　　열여덟의 나는 남에게 상처받고 상처를 주면서도 뜨거운 마음은 좀체 가라앉지 않았다. 길거리에서든 교실에서든 깔깔거리고 잘 웃는 아이였는데 사실은 웃지 않으면 안 될 것 같아서였다. 슬프고 두려워도 제대로 표현하는 법을 몰랐다. 겁이 나면 더 웃어 버렸다. 인물들을 달래고 보채고 열여덟의 나를 일으켜 세우다 보니 소설이 완성되었다. 청소년의 목소리로 말할 수 있게 되면서 나는 자유로워졌다. 더 자주 웃고 더 자주 화를 내면서 내가 품은 외로움을 마음껏 표현할 수 있었다.

나의 학생들. 학기 초가 되면 이번에는 너무 정 주지 말아야지 하는데 어느 순간 그 매력들에 훅 빠지고 만다. 정이 들면 헤어진다는 게 좀 슬프게 느껴진다. 우리가 영원한 동갑으로 남을 수는 없을까? 가족 밀착형 글쓰기의 실현을 도와준 재형, 재경 그리고 남편에게 고맙다. 엄마가 내게 나누어 준 삶에 감사하다. 마지막으로 나의 인물들을 환대해 준 사계절출판사와 정성스레 들여다봐 주신 최경후 편집자님께 감사드린다. 심사위원 세 분께서 내 수많은 실패의 경험을 끝내 알아봐 주셨다.

지금부터는 글로 나를 설명할 수 있다니, 설레는 일이다.

내가 쓴 글을 읽을 당신을 상상한다.

당신 곁에 오래 머물고 싶다.

여름 안에서
전 앤

우리는 마이너스 2야

2023년 9월 26일 1판 1쇄
2024년 5월 15일 1판 3쇄

지은이	전앤
편집	김태희 장슬기 윤설희 최경후 이여름
디자인	신종식
제작	박흥기
마케팅	이병규 김수진 강효원
홍보	조민희
인쇄	천일문화사
제책	J&D바인텍

펴낸이	강맑실
펴낸곳	(주)사계절출판사
등록	제406-2003-034호
주소	(우)10881 경기도 파주시 회동길 252
전화	031)955-8588, 8558
전송	마케팅부 031)955-8595 편집부 031)955-8596
홈페이지	www.sakyejul.net
전자우편	literature@sakyejul.com
트위터	twitter.com/sakyejul
인스타그램	instagram.com/sakyejul_teen

© 전앤 2023

값은 뒤표지에 적혀 있습니다. 잘못 만든 책은 구입하신 서점에서 바꾸어 드립니다.
사계절출판사는 성장의 의미를 생각합니다.
사계절출판사는 독자 여러분의 의견에 늘 귀 기울이고 있습니다.
이 책은 저작권법에 따라 보호받는 저작물이므로 무단전재와 복제를 금합니다.

ISBN 979-11-6981-162-0 44810

ISBN 978-89-5828-473-4 (세트)

↳ 사계절 청소년문학 유튜브 호호책방
『우리는 마이너스 2야』 편 보기